Jean-Pascal Ansermoz
**Hans Matter und
der Tote an der Sense**

Grabstätte

Denkmal

Gruss aus Neuenegg

Jean-Pascal Ansermoz

Hans Matter

und der Tote an der Sense

Kriminalroman

Bibliografische Information der Deutschen Nationalbibliothek:
Die Deutsche Nationalbibliothek verzeichnet diese Publikation in der
Deutschen Nationalbibliografie; detaillierte bibliografische Daten sind
im Internet über dnb.dnb.de abrufbar.

Herstellung und Verlag: BoD – Books on Demand, Norderstedt
ISBN 978-3-75342-577-1

Der Fahnen Wind erbost
ein sterbend Angesicht -
des Freundes Fächeln bloß
wie kühles Nass erquickt.

Lass mich dein Beistand sein,
wenn Durst dir letztmals brennt,
dir deinen Tau verleihn
und labend Sakrament.

Emily Dickinson
Nach Asche schmeckt die Welt

Prolog

Jeder Moment konnte der letzte sein.

Ein ungleicher Kampf trug sich im fahlen Licht des Abends aus. Der Himmel grau und schwer hatte den Wind als Vorboten geschickt. Irgendwo ertönte ein erster Donnerschlag.

Wie eine letzte Warnung.

Die Ruhe vor dem Sturm.

Das Leben war der Anfang des Todes, Aufgeben für ihn aber noch keine Option.

Ein Blitz hellte den Himmel auf.

Irgendwo bellte ein Hund.

Er wollte nicht loslassen und wehrte sich verzweifelt gegen das Unbegreifliche.

Der Wind nahm an Stärke zu. Selbst die Natur hatte sich gegen ihn verschworen. Und diese quälende Angst, nicht alles getan zu haben, was hätte getan werden müssen. Diese ernüchternde Einsicht, dass es nun zu spät war. Sich dann aber trotzdem an diesem Schmerz festzuklammern, obschon – oder gerade weil – die Kräfte plötzlich schwanden, weil das Leben zu entgleiten drohte wie die Wasser der Sense.

Ein letztes Hochheben des Kopfes begegnete den ersten Regentropfen. Ein Donnerschlag wie ein Peitschenhieb. Und dann erschlaffte der Körper.

Im selben Augenblick löste sich ein Blatt vom Ast über ihm. Es vermittelte einem eventuellen Beobachter ein Gefühl der Schwerelosigkeit, eine Form schwebender Illusion, als es sich nur wenige Sekunden zwischen zwei Welten befand. Ungebunden und doch schon entfremdet, hin und her gerissen vom Wind.

Dann betteten es die Schwerkraft und der nunmehr prasselnde Regen in den Lauf des Flusses. Getrieben riss der es mit sich fort. Es ließ sich geschehen. Die Bewegungen des Wassers hauchten ihm noch einmal etwas Leben ein, bevor die wild werdende Sense es an ihr Ufer trieb. Die Reise ging zu Ende, als ein Stein das Blatt in seiner letzten Fahrt auffing.

I

»Ah, da bist du ja!«

Die Stimme klang nicht wirklich vorwurfsvoll, aber dennoch etwas irritiert, fand Hans Matter, der sich beeilt hatte, die Tür zu öffnen. Eine andere Option war ihm ja nicht geblieben, da die Besucherin den Finger einfach auf der Klingel ließ.

Vor ihm stand eine ältere Dame mit weißem Haar unter einem roten Hut, wachsamen blauen Augen, die eine - im Verhältnis zu ihrer Größe - sehr imposant wirkende Handtasche trug. Matter hatte sie im Dorf auch schon gesehen, konnte sich aber nicht mehr an ihren Namen erinnern. Ein Gesicht vergaß er nie, einen Namen, nun ja ...

»Es stimmt also«, fuhr die Dame unbeirrt fort, »was man im Dorf so sagt.«

»Und was bitte wird im Dorf so gesagt?«

Sie sah ihn einen kurzen Moment an. »Dass der Schriftsteller um diese Zeit zu Hause ist. Ich bin den ganzen Weg also nicht umsonst gegangen. Was für eine Idee auch, sich am Berg niederzulassen!«

Verdutzt folgte Matter ihren Erläuterungen.

»Du musst mir helfen. Es geht um Leben und Tod«, kam sie unverhofft zur Sache. Energisch untermalte sie ihre letzten Worte mit ihrem Stock, den sie immer wieder auf den Boden stieß wie ein kleines Mädchen es mit dem Bein tut, wenn es etwas erzwingen will. Matter blickte sich schnell um. Tagsüber war die Straße verlassen, so auch jetzt.

War das ein schlechter Scherz?

»Was ist denn geschehen?«, fragte er vorsichtig, ganz froh darüber, mit der Frage etwas Zeit gewinnen zu können. Vielleicht fiel ihm der Name ja wieder ein.

»Willst du mich nicht zuerst hereinbitten?«

Etwas verloren kam sich Matter schon vor. Überrumpelt auf jeden Fall. Er räusperte sich: »Aber natürlich. Wo hatte ich denn meine Gedanken.«

»Hoffentlich im nächsten Buch!«

Er machte einen Schritt zur Seite, ohne die Tür loszulassen. Sie seufzte übertrieben dramatisch, drängte sich mit kleinen Schritten an ihm vorbei in den Flur und wartete geduldig, bis er die Tür hinter ihr geschlossen hatte. Dann folgte sie ihm ins große Wohnzimmer.

»Schön habt ihrs hier.« Sie ließ sich mehr auf das Sofa fallen, als dass sie sich hingesetzt hätte. Da der Weg zu Matters Haus einen selbst für jüngere Menschen steilen Hügel erklomm, konnte Matter sich gut ausmalen, wie müde die Frau jetzt sein musste. Er schätzte sie auf etwas über siebzig.

»Schöne Musik«, kommentierte die Besucherin. Matter blickte zum Tablet hinüber, mit dem er stets Internetradio hörte, während er schrieb. Er hatte schon immer eine Vorliebe für barocke Musik gehabt.

»Darf ich Ihnen etwas zu trinken anbieten? Kaffee oder Tee vielleicht?«, fragte er. Sie nickte schwach.

»Tee wärmt das Herz. Kaffee wärmt die Seele. Einen Kaffee gern. Wieso siezt du mich eigentlich?«

»Mit Milch? Oder Zucker?«

Matter, der weder ihren Namen noch ihren Vornamen präsent hatte, zog sich mit der Gegenfrage in die offene Küche zurück, wo er die Kaffeemaschine anschaltete, um dann zwei Tassen bereitzustellen.

»Heiß und schwarz wie die Nacht.«

»Was für ein Gewitter. Diese Stärke ... wie im Hochsommer.«

Er füllte den Wasserbehälter, während er einen Blick nach draußen warf.

Vom blauen Himmel schien die Sonne. Die Berge versteckten sich in weißen Gewändern. Keine Spur mehr vom Unwetter des Vorabends, das ihn einen Teil der Nacht wachgehalten hatte.

Sie nickte. »Hat viel Schaden angerichtet, auf den Feldern und so. Die Sense kam sogar über die Ufer. Kein gutes Zeichen. Und wir sind erst im April.«

Seine Besucherin folgte jeder seiner Bewegungen. Matter ließ sich dadurch nicht aus der Ruhe bringen. Als er endlich mit den zwei Tassen im Wohnzimmer erschien, hatte sich die Frau sichtlich von ihrem Fußmarsch erholt. Dankend nahm sie ihren Kaffee entgegen. Matter setzte sich ihr gegenüber. Während er einen ersten Schluck trank, versuchte er abzuschätzen, was es denn jetzt auf sich hatte, mit der Frage nach dem Leben und dem Tod.

Die alte Frau rutschte auf dem Sofa ein wenig nach vorn, stellte ihre Tasse vorsichtig auf den Tisch, um ihn dann eingehend zu studieren.

»Du arbeitest doch für die Polizei.«

Es war keine Frage, eher eine Einleitung.

»Wer sagt denn so was?«

»Der Mario im Tea-Room sagte mir, du könntest mir sicher helfen.«

Mario war einer der Mitarbeiter in der kleinen Bäckerei, in der auch Matter des Öftern seinen frühmorgendlichen Earl Grey mit Zucker und Milch zu sich nahm. Mit dem musste er ein kleines Wörtchen reden. Doch die Dame ließ nicht zu, dass er sich in Gedanken verlor. »Er ist nicht mehr nach Hause gekommen. Seit zwei Tagen.«

»Wer ist nicht nach Hause gekommen?«, fragte Matter. Sie nahm einen Schluck Kaffee.

»Na, Viktor natürlich!«, empörte sie sich. »Wer denn sonst?«

Ja, wer denn sonst, dachte Matter und stellte seine Tasse ab.

»Hast du die Polizei informiert?« Matter war zum Du übergegangen, obschon er sich ihres Vornamens immer noch nicht erinnerte. Sie wischte seine Bemerkung mit einer energischen Handbewegung vom Sofa.

»Die wollen nichts wissen.«

»Aber ...«

»Du musst mir helfen. Ich mache mir Sorgen, verstehst du. Das hat er noch nie gemacht.«

»Wann hast du ihn das letzte Mal gesehen?«

»Vor zwei Tagen. Hab ich doch eben gesagt. Er ass am Abend in der Küche seine Kroketten ...«

»Kroketten?«

»Natürlich. Die mit Huhn und Truthahn. Die mag er am liebsten.«

Matter musste sich ein Lachen verkneifen, hatte er doch nicht daran gedacht, dass es sich bei Viktor um ein Tier handeln könnte. Das erklärte gleichzeitig das mangelnde Interesse der Polizei. Aber wie konnte er ihr das schonend beibringen?

»Weißt du, seitdem Urs mich vor zehn Jahren verlassen hat, ist Viktor der Einzige, der zu mir steht. Und er ist auch nicht mehr der Jüngste. Hast du Haustiere?«

Matter schüttelte den Kopf.

»Solltest du aber«, mahnte sie ihn.

»Ich werde darüber nachdenken«, versprach Matter. Sie nickte, nahm ihre Tasse zur Hand. Den darauffolgenden Augenblick teilten sie schweigend.

»Also, wo wirst du anfangen?«

Auf der Kommode begann Matters Handy zu vibrieren. Sie sah überrascht zum Möbel hinüber. Matter wollte aufstehen, entschied sich aber dagegen.

»Wo ich ... was?«, fragte er.

»Willst du nicht rangehen?« Sie fixierte immer noch das vibrierende Mobiltelefon, das über die glatte Holzoberfläche tanzte. In dem Augenblick, als Matter Antwort geben wollte, hörte es auf.

»Wo wirst du mit der Suche beginnen?«

»Nun, ja ...« Matter hatte sich mit der Idee noch nicht ganz angefreundet.

»Ich lese auch gerne Krimis. In solchen Fällen beginnt man immer am Ort des Verschwindens, nicht?«

»Nun, ja ...«

»Gut.« Sie stellte ihre Tasse auf den Tisch, griff nach ihrer Tasche und entnahm ihr ein Foto, das sie Matter reichte.

Darauf war eine schwarze Katze zu sehen, die zusammengerollt auf einem bestickten Kissen schlief. Sie trug ein rotes Halsband und hatte helle Flecken an den Pfoten.

Die Besucherin stand resolut auf.

»Ich zähle auf dich.« Sie griff nach ihrer Gehhilfe und ihrer roten Tasche. Matter begleitete sie zur Tür, wo sie sich noch einmal zu ihm umdrehte.

»Danke für den Kaffee. Er ist deutlich besser als derjenige bei Mario.«

»Darum trinke ich dort nur Tee«, erwiderte Matter. Sie sah ihn einen Augenblick eingehend an. Es war ihm, als würde in diesem Moment ein Anflug von Heiterkeit durch ihre Augen huschen. Dann nickte sie.

»Ach ja, mein Vorname ist Margret.«

Er schaute sie überrascht an.

»War das so offensichtlich?«

»Ich bin zwar alt, aber keinesfalls naiv, guter Mann.«

Matter blickte ihr mit schlechtem Gewissen hinterher. Wieso hatte er plötzlich das Gefühl, ihr etwas schuldig zu sein?

2

Nachdenklich räumte Matter die beiden Tassen ab und stellte sie ins Spülbecken. Die Musik war noch dieselbe, aber wirkte plötzlich befremdlich. Im Vorbeigehen drehte er sie leiser, nahm sein Handy an sich. Tina hatte ihn zu erreichen versucht. Auf dem Weg in sein Büro rief er zurück, aber seine Tochter gab keine Antwort. Seufzend legte er das Mobiltelefon auf den Arbeitstisch und ließ sich in den großen Sessel fallen, der ihn in seinen langen Arbeitsstunden stützte. Auf seinem Bildschirm schwirrte ein Satz umher. *You should be writing.* Du solltest schreiben.

Er bewegte die Maus ein wenig hin und her, bis der Bildschirm den Blick auf sein aktuelles Manuskript freigab. Seite 243. Langsam musste er sich damit abfinden, dass auch dieses Buch seinem Ende entgegenging. Ein Gedanke den er, wie jedes Mal, so lange wie möglich von sich schob.

Matter las den letzten Satz, den er geschrieben hatte. Etwas umständlich versuchte er daraufhin, wieder in die Geschichte einzutauchen. Schließlich speicherte er das Dokument. Seine Inspiration war verflogen. Etwas frustriert blickte er auf die Anzahl Wörter, die das Schriftstück nun enthielt. Sein Tagessoll war noch nicht erreicht. Was nichts zu bedeuten hatte.

Und trotzdem. Ärgerlich.

Etwas melancholisch klappte er den Laptop zu und lehnte sich im Sessel zurück. Was nun? Er setzte den Stuhl mit den Beinen in Bewegung, blickte sich um, während er sich langsam im Kreis drehte. Die Wände waren vom Boden bis zur Decke mit großen Bibliotheken bestückt. Unzählige Bücher zeichneten in seiner Bewegung wechselnde Farbmuster. Zwischenräume gab es kaum. Kein Buch dieser Sammlung hatte er selbst geschrieben. Seine standen in Kartons im Keller.

Die Chaiselongue neben der Tür, eine Stehlampe dahinter, ein kleiner Tisch daneben. Und natürlich auch stapelweise Bücher, die sich wie Kinder darum gruppiert hatten und darauf warteten, gelesen zu werden.

Ihm wurde bewusst, dass dieser Raum den Titel ›Büro‹ eigentlich gar nicht verdiente. Einzig der schmale Tisch unter dem Fenster mit dem Laptop drauf, zu dem er nun zurückkam, erinnerte daran, dass hier Tag für Tag jemand arbeitete.

Matter griff nach dem Handy. Tina hatte nicht zurückgerufen. Es war kurz vor zehn Uhr. Vielleicht Zeit, im Dorf einen Kaffee trinken zu gehen. Er musste mit Mario reden, bevor der noch andere bedürftige Menschen zu ihm schickte. Arbeitete Mario überhaupt heute?

Es gab nur eine Möglichkeit, das herauszufinden.

Minuten später verließ er die Wohnung.

Nur wenige hundert Meter trennten ihn vom Kafi-Egge, wie die Bäckerei die wenigen Tische benannt hatte, die man von außen gut einsehen konnte, da sie das Schaufenster schmückten. Als er den ersten der beiden Verkehrskreisel fast erreicht hatte, sah er den Streifenwagen. Er stand auf einem der Parkplätze vor der Post. Nicht zu übersehen war auch der Uniformierte, der breitbeinig davor Wache hielt.

Matter wechselte die Straßenseite. Im Vorbeigehen sah er in die Bäckerei. Ein Glück, dass die Tische noch nicht besetzt waren. Vielleicht wurde es trotzdem noch ein guter Tag. Eine kleine Glocke kündigte ihn an, als er die Tür des Brotgeschäftes aufstieß. Es roch köstlich. Matter wurde sich bewusst, dass er noch gar nichts zu sich genommen hatte.

»Guete Morge«, grüßte er fröhlich.

»Ah, dr Hans. Lueg ou eine ah. Sobald ein Streifenwagen auftaucht, bist du nicht sehr weit«, sagte Mario. Matter schnitt ihm eine Grimasse.

»Es Tee Crème?«

Matter nickte und drehte sich zur Straße hin. »Was ist denn da los?«

Mario hielt in der Zubereitung kurz inne. »Ein Mann ist am Ufer gestorben.«

Er beugte sich leicht vor, als wollte er Matter ein Geheimnis anvertrauen, und flüsterte mit verschwörerischer Stimme: »Soll nicht eines natürlichen Todes gestorben sein ...«

Das Glöckchen an der Tür unterbrach seine Erläuterungen. Er richtete sich urplötzlich wieder auf, als hätte man ihn bei etwas erwischt und fragte etwas lauter: »Was Kleines dazu?«

Und an die ältere Frau gewandt, die den Laden eben betreten hatte: »Guete Morge, Frou Bächler. Bi grad bi Ihne.« Die Frau nickte ihm wohlwollend zu.

»Frisch heute Morgen«, schniefte sie.

»Wem sagen Sie das. Und wir sind noch nicht bei den Eisheiligen.«

»Hast du noch ein Croissant?«, fragte Matter.

»Wir haben immer Croissants für unsere Gäste«, gab Mario zuckersüß zurück und nahm eines aus der Auslage, das er dann auf einen kleinen Teller legte. Schließlich bewegte er sich hinter die Kasse.

»Der Bauch des Armen ist der Trog Gottes, und wer ihn füllt, ist Gottes Freund.«

»Woher hast du denn das wieder?« Matter kramte sein Portemonnaie hervor.

»Aus Persien.«

»Aha.« Matter reichte Mario das abgezählte Geld, nahm das Tablett mit dem Tee und dem Croissant an sich. Bevor er sich zu einem Einzeltisch am Fenster wandte, hielt er inne:

»Ach ja, einen lieben Gruß von Margret ...«

Mario warf der geduldig wartenden Frau Bächler einen kurzen Blick zu. Matter frohlockte, als er seinen leicht gequälten Gesichtsausdruck sah. Besser als jede Antwort. Mario hatte eindeutig ein schlechtes Gewissen. Er setzte sich ans Fenster und überließ Mario seiner Kundin.

Matter schüttete den Kaffeerahm in den Schwarztee, um dann mit zwei Zucker das Ganze zu versüßen. Die nervösen Seitenblicke Marios ignorierte er einfach und biss herzhaft in sein Croissant.

Auf dem Doppelkreisel wollte ein Auto in den Oeleweg einbiegen. Er konnte beobachten, wie der

Polizist den Wagen anhielt. Ein kurzes Gespräch fand statt, in dem der Beamte dem Fahrer mit der Hand eine Weganweisung zu geben schien. Schließlich fuhr das Auto wieder auf die Hauptstraße und Richtung Bern davon.

Ein Toter an der Sense? Matters Interesse war geweckt. Frau Bächler versorgte die von Mario erhaltenen Brötchen in ihrem Märitwägeli, bedankte sich und ließ das Glöckchen ertönen, als sie die Bäckerei wieder verließ.

»Schlimme Sache«, brach Mario das Schweigen. Er war dabei, die Leckereien in der Auslage neu zu sortieren.

»Weiß man, wer gestorben ist?«

»Ein Mann. Soll niemand aus dem Dorf sein.«

»Und woher weißt du das?«

»Die erste Streife, die aufgetaucht ist, kam für einen Kaffee. Wir öffnen ja bereits um sechs Uhr in der Früh.«

Matter nahm einen Schluck Tee, während sich Mario einen Espresso zubereitete.

»Und wie ist er gestorben?« Mario nahm die Tasse, umrundete behände den Verkaufstresen und setzte sich Matter gegenüber.

»Weiß ich nicht.«

»Das weißt du nicht?«, neckte ihn Matter.

Mario schnitt ihm eine Grimasse und blickte nach draußen.

»Zuerst kam ein Polizeiauto, dann eine Ambulanz, schließlich ein Bestattungswagen. Aber die sind noch da, genau wie die anderen Polizisten.«

Matter seufzte.

»Keine Motivation heute? Hast du dich festgeschrieben?«

»Margret war bei mir.«

Mario nahm einen Schluck Kaffee.

»Ihre Katze ist verschwunden«, meinte Mario.

»Das weiß ich jetzt auch.«

»Und sie möchte, dass du das Tier wiederfindest.«

»Ich hab anderes zu tun, als Katzen aufzuspüren, Mario.«

»Ich dachte nur. Die Katze ist alles, was ihr noch bleibt. Da muss doch jemand helfen.«

»Ich arbeite nicht für die Polizei. Ich bin Schriftsteller.«

»Aber du kennst doch den Liechti vom Dezernat in Bern.«

»Peter ist ein Freund.«

»Und jetzt, wo deine Tina auch ...«

»Mario, hör mir zu. Dass Tina bei der Polizei ihre kaufmännische Ausbildung macht, hat doch nichts mit einer verschwundenen Katze zu tun, oder?«

Mario schwieg. Plötzlich erhellte sich sein Gesicht.

»Du hast Ja gesagt, nicht wahr?«

Matter sah ihn an. »Ich konnte sie nicht einfach so gehen lassen.«

»Sag ich ja. Da musste doch jemand helfen.«

»Und wieso nicht du?« Matter sah ihn provozierend an. Die Türglocke unterbrach die Möglichkeit einer Antwort. Während Mario die neuen Gäste begrüßte, holte Matter sein Handy hervor. Tina hatte nicht zurückgerufen. Er legte es neben seine Tasse auf den Tisch und ass in Ruhe den Rest seines Croissants.

3

Matter wusste nicht, ob er einen Hang zum Drama-
tischen hatte oder ob er einfach nur neugierig war.
Die Absperrung jedenfalls ließ seine Fantasie erwa-
chen. Da er von der Bäckerei aus hatte beobachten
können, wie der Polizist mehrere Autofahrer, aber
auch Passanten wegwies, entschied er sich für eine
andere Taktik.

Er verließ das Lokal, grüßte am Kreisel den Uni-
formierten und marschierte mit den Händen in den
Taschen die Austrasse entlang. Nach dem Tennis-
center bog er auf den Feldweg ab und flanierte an
den Schrebergärten vorbei. Es war noch frisch draußen. Weit und breit war hier niemand zu sehen.
Links und rechts flankierten ihn Felder bis zu den
Baumreihen, die den Fluss zu beiden Seiten beglei-
teten. Ein Jogger sah ihn ein wenig erschrocken an,
als er aus den Bäumen auf den Weg am Ufer trat.
Matter sah ihm nach und hatte das Gefühl, der lief
ein wenig schneller als vorher.

Er konnte sich darin aber auch täuschen.

Die Sense ist ein Nebenfluss der Saane und der Grenzfluss zwischen dem Kanton Bern und dem von Fribourg. Der Flusslauf bediente die Aare, dann den Rhein und schließlich die Nordsee.

Die Nordsee besteht aus Schweizer Quellwasser.

Na ja, ein Teil davon.

Von den nächtlichen Unwirtlichkeiten war beim Wasserstand nicht mehr allzu viel anzumerken. Wohl aber an den Bäumen und der nahen Umgebung. Ganze Äste hatte das Unwetter abgebrochen. Blätter lagen auf dem Boden. Matter schauderte, wenn er daran dachte, dass der Tote vielleicht die ganze Nacht hier am Ufer gelegen hatte.

Er wandte sich nach rechts, zurück in Richtung Neuenegg und erreichte nur Minuten später den Parkplatz am Dammweg. Schon von Weitem konnte er die Einsatzfahrzeuge sehen. Sein Herz schlug schneller. Wie erwartet hatte man sich nicht die Mühe gemacht, den Ort auch hier abzuriegeln.

Matter lief auf der Zielgeraden ein, als ihn Rolf Andreoli bemerkte und ihm entgegenkam. Der Beamte von der Kripo trug einen sportlich wirkenden grauen Anzug und darunter ein blaues Hemd.

Etwas wenig Kleidung für die Temperaturen. Andreoli spürte bereits den Sommer. Matter konnte keine Flecken am Hemd ausmachen.

»Na, was für ein Zufall auch!« Er grinste breit. »Kaum ein Streifenwagen da und schon taucht der Schreiberling auf.«

»Hallo, Rolf. Neues Hemd?«

»Schön, nicht wahr?«, sagte der Polizeibeamte stolz. »Und du? Keine Motivation heute? Oder bist du ausgebüxt?«

»Ich mag Spaziergänge an der frischen Luft.«

»Äuä!«

»Zudem wohne ich gleich da oben.« Matter deutete vage in Richtung des Dorfzentrums. Andreoli steckte seine Hände in die Hosentaschen.

»Na gut. Irgendwie ...«

»Dacht ich's mir doch.«

»Schlimm?«

Andreoli drehte sich zu den Fahrzeugen um. Der Leichenwagen war immer noch da. Zwei Männer lehnten sich an das Fahrzeug. Sie rauchten und unterhielten sich, als ginge das Ganze sie überhaupt nichts an.

»Na ja, eigentlich nicht.«

»Das klingt nach einem ›Aber‹.«

»Nun, ja ...« Andreoli kratzte sich am Kopf und überlegte, wie viel er über den Toten preisgeben durfte.

»Ist Peter da?«, fragte Matter mit einem unschuldigen Unterton.

»Äh nein, der ist in Bern geblieben.«

Er schwieg kurz. »Du wirst es ja eh erfahren. Das Opfer ist ein Mann in den Siebzigern. Der Regen hat ziemlich alle Spuren verwischt. Er trug auch keine Ausweise bei sich.«

»Also wisst ihr nicht, wer es war.«

Andreoli schüttelte den Kopf. »Nein, wissen wir nicht.«

Matters Handy vibrierte in der Tasche. Er sah auf das Display und nahm den Anruf entgegen.

»Hallo, Tina.« Er zwinkerte Andreoli zu, während er seiner Tochter zuhörte.

»Nein, bin an der Sense mit Rolf. Der lässt grüßen.«

Matter spürte Andreolis Blick auf sich ruhen.

»Er soll endlich sein Handy einschalten?« Matter warf ihm einen belustigten Blick zu. »Sage ich ihm gern.«

Andreoli holte sein Handy hervor und sah verdutzt auf den Bildschirm.

»Nein, ich schaff's heute zeitlich nicht mehr ins ›Bärenhöfli‹.«

Matter verdrehte die Augen.

»Sag mal, du kannst doch vom Bahnhof nach Hause gehen?«

Er hörte noch kurz zu, dann verabschiedete er sich.

»Möchte vom Bahnhof abgeholt werden, um nicht hochlaufen zu müssen.« Matter ließ das Mobiltelefon in seiner Tasche verschwinden und schüttelte den Kopf. Andreoli tat es ihm nach. »Hatte noch den Flugmodus drin«, sagte er verlegen.

Matter ging weiter, blieb aber außerhalb des Sicherheitsperimeters stehen, der durch das polizeiliche Absperrband signalisiert wurde. Selbst von hier konnte er den Mann sehen. Er lag immer noch auf dem Bauch am Ufer. Ein Arm lag im Wasser. Er sah einem Fotografen zu, der um den Toten ging, als wollte er ihn nicht wecken. Das Spurensicherungsteam hatte überall kleine Tafeln mit Nummern aufgestellt. Einige Beamte aus dem Team waren immer noch dabei.

Lotto für einen Toten.

»Wie ist er gestorben?«, fragte Matter.

»Es gibt Schusswunden.« Andreoli war neben ihn getreten und hatte seine Hände wieder in den

Taschen vergraben. Matter nickte und ließ seinen Blick von einem Spurensicherungstäfelchen zum nächsten wandern. Plötzlich runzelte er die Stirn.

»Was ist das dort drüben? Das rote Ding da.«

Andreoli folgte seinem Blick. »Keine Ahnung. Warte mal.« Er schlüpfte unter dem Sperrband hindurch. Matter sah, wie er sein Handy zückte. Dann kam er zurück und zeigte ihm das Foto.

»Verrückt, was hier alles so herumliegt.«

Matter nahm das Handy an sich und vergrößerte das Foto, bis er sich ganz sicher war.

Es zeigte ein rotes Halsband, wie man es für gewöhnlich Katzen anlegt.

4

»Das ist aber schön, dass du Zeit gefunden hast, um mich zu besuchen.«

Margret Lindenach war von der improvisierten Stippvisite sichtlich angetan. Matter brachte es nicht übers Herz, ihr zu widersprechen. Zeit hat bekanntlich ja der, der sie sich nimmt.

»Du trinkst doch sicher einen Tee. Ich schau mal, ob mir noch etwas Earl Grey bleibt.«

»Woher ...?«

Sie sah ihn belustigt an. »Mario hat es mir verraten. Bitte nicht böse sein.« Sie zwinkerte ihm zu und verschwand im Flur. Er hörte sie in der Küche hantieren.

»Hast du die Katze aufgespürt?«, hörte er sie aus der Küche fragen.

Das Wohnzimmer bestand aus dunklen Möbeln, großflächigen, roten Teppichen über schwerem Holzboden. Offene Dachbalken, ein gehäkelter

Untersetzer, ein Fernseher aus den Achtzigern, eine Glasvitrine mit goldumrandeten Tellern.

Matter tippte auf Porzellan.

»Äh ... noch nicht.« Er horchte, hörte aber nur Geschirr, mit dem sie hantierte. Sein Blick blieb an der Wand aus Büchern hängen. Die Gebundenen stammten aus einer Zeit, in der man noch Johannes Mario Simmel las und aus Goethes Werken zitieren konnte. Auf mehr als einem Band entdeckte Matter das Logo des Verlages, der dazumal die Bücher per Abonnement unter die Menschen brachte. Jeden Monat ein neues Buch, zwölf Bücher im Jahr, hundertzwanzig Bücher in zehn Jahren.

Lindenach erschien mit einem Holztablett in den Händen. Darauf standen zwei Tassen, ein Teekrug, Zucker und Milchkännchen.

Alles assortiert und passend.

»Ich kann dir leider nichts anbieten. Das einzig Süße im Haus bin ich.«

Sie stellte das Servierbrett direkt auf den Stapel aus Kreuzworträtselmagazinen. Matter hatte den Reflex, schnell die Brille vor dem Zerdrücken zu retten. Er legte sie auf den Tisch, während sie sich seufzend setzte.

»Danke. Die Lesebrille ist Nummer fünf in diesem Monat. Ich weiß nie, wo ich sie liegenlasse, bis ich drauftrete, draufsitze oder sie anderweitig eine Möglichkeit findet, in die Brüche zu gehen. Aber ohne kann ich nicht mehr lesen.«

Sie beugte sich nach vorn und füllte die Tassen, fügte Zucker und Milch hinzu.

»Schön hast du es hier«, sagte er, um etwas zu sagen. Sie hielt inne und sah sich um. »Pragmatisch ist wohl eher der Ausdruck.«

Matter nahm die Tasse dankend entgegen und rührte um.

»Du bist nicht gekommen, um über meine Inneneinrichtung zu sprechen, oder?«

»Nein, tatsächlich nicht.« Matter stellte die Tasse wieder auf den Tisch. »Ich wollte dir etwas zeigen.« Er holte sein Handy hervor und zeigte ihr das Foto des Halsbandes. Ein kleines goldenes Glöckchen hing daran. Für einen Augenblick sah Matter Bestürzung in ihren Augen. Dann gab sie ihm das Handy zurück.

»Ja, das ist Viktors Halsband. Wo hast du es gefunden?«

»Beim Dammweg. Der Parkplatz am Fluss.«

Sie nahm einen Schluck Tee. »So weit weg von hier?«

»Die Gärten anderer sind immer interessanter.«

»Wohl wahr. Das hat Viktor von Urs geerbt.«

»Urs?«

»Meinem Ehemann.« Sie drehte sich auf dem Sofa um und angelte einen Bilderrahmen, den sie Matter reichte.

»Er war ein guter Mensch.«

»War? Das tut mir leid.« Matter betrachtete das Foto. Auf ihm waren beide zu sehen. Sie trug einen weißen, runden Hut und Handschuhe. Er einen Anzug mit Krawatte. Sein Lachen erinnerte Matter an die ersten Filme mit Sean Connery. Das Bild war eine Aufnahme in Schwarz-Weiß. Sie schienen glücklich zu sein.

»Es war eine wunderbare Zeit.« Sie lächelte verträumt. »Und dann, vor zehn Jahren, ging er aus dem Haus und kam nie mehr zurück.«

»Dann ist er nicht gestorben?«

»Ich weiß es nicht. Ich weiß nicht einmal, warum er mich verlassen hat. Und um ehrlich zu sein, habe ich weder Wille noch Kraft, es herauszufinden. Was auch immer es gewesen war, er wird seine Gründe gehabt haben.«

»Du liebst ihn immer noch?«

»Dazumal war ein Ring für ein Leben. Nicht so wie heute, wo bei der kleinsten Unannehmlichkeit gleich die ganze Beziehung infrage gestellt wird.«

»Es waren andere Zeiten.«

»Definitiv.«

»Fragst du dich nicht manchmal, was aus ihm geworden ist?«

Sie nahm ihre Tasse an sich, als brauchte sie ein wenig Wärme. »Es vergeht keine Woche, ohne dass ich an ihn denke.«

Matter schwieg. Ein ihm unangenehmes Schweigen. Was kann man jemandem in solch einer Situation sagen? Alles, was ihm in den Sinn kam, klang nach Mitleid.

»Was ...« Die Türglocke unterbrach sie. Sie setzte ihre Tasse auf den Tisch und runzelte die Stirn. »Wer kann das denn sein? Ich gehe besser mal nachsehen.«

Matter atmete auf, als sie das Wohnzimmer verließ, griff nach seiner Tasse und tröstete sich mit einem Schluck Tee.

Kurz darauf kam sie in Begleitung zurück.

»Ich hab Glück. Heute ist Männertag«, kommentierte sie. »Die Herren sind von der Polizei.«

»Hans?«

Matter hätte sich um ein Haar verschluckt. Er beeilte sich, die Tasse auf sicheren Grund zu bringen. »Was machst du denn hier, Peter?«

Peter Liechti sah sich kurz um. »Vielleicht sollten wir uns schnell setzen.« Der ihn begleitende Tobias

Wildhaber, der Neue in Liechtis Team, blieb stehen. Er trug einen Anzug mit Krawatte, was ihm in dieser Umgebung seines Alters wegen ein schiefes Erscheinungsbild gab. Matter sah kurz einen zu schnell groß gewordenen Jungen, den man in den Anzug seines Vaters gesteckt hatte.

»Möchten Sie einen Tee?«

Lindenach sah ihn an. Liechti winkte ab.

»Ist etwas mit Viktor?«, fragte die alte Dame mit besorgter Stimme.

»Viktor?« Liechti hob die Augenbrauen.

»Nun Sie sind doch von der Polizei, oder nicht?«

»Ja, schon, aber ...«

»Und ich dachte, ihr habt euch vielleicht trotzdem Viktors Verschwinden angenommen.«

»Viktor ist die verschwundene Katze«, erklärte Matter.

»Frau Lindenach, wann haben Sie Ihren Mann das letzte Mal gesehen?«

»Urs?« Sie blickte überrascht. »Vor zehn Jahren, warum?«

Jetzt war es Liechti, der erstaunt dreinblickte. Er hatte sich aber schnell wieder im Griff. »Weil Ihr Mann gestern Abend gestorben ist.«

Lindenach blickte ihn fassungslos an. Die einzige Regung, die Matter ausmachen konnte, waren ihre Pupillen, die sich drastisch vergrößerten.

Dann füllten sich ihre Augen mit Tränen. »Das kann nicht sein«, sagte sie resolut.

»Mein aufrichtiges Beileid.«

»Über so was macht man keine Witze, junger Mann.«

»Ich scherze nie über solche Dinge.«

Ganz langsam schien die Information einen Weg in ihre Gedanken zu finden. Sie wischte sich die stillen Tränen fort.

»Wie ist er gestorben?«, fragte sie flüsternd und nestelte an den Ärmeln ihrer Bluse.

»Er wurde ermordet.«

»Ermordet?« Das Wort war ein Schock für die alte Frau. Ihre Lippen zitterten. Das nächste Wort kam lautlos über ihre Lippen. Liechti verstand es trotzdem. »Ein Spaziergänger fand ihn heute Morgen am Ufer der Sense. Wir wissen, dass das eine schwierige Situation für Sie sein muss. Und doch haben wir Fragen.«

Sie nickte betroffen.

»Hatten Sie in den letzten Tagen Kontakt mit ihm?«

Sie schüttelte den Kopf. »Ich wusste nicht einmal, dass er hier war.«

»Wissen Sie, wo er wohnte?«

»Ich habe keine Ahnung.«

»Warum ist er zurückgekommen?«

Sie schüttelte nur wortlos den Kopf.

»Irgendjemand, den er in Neuenegg kontaktiert haben könnte?«

Sie bewegte sich nicht.

»Frau Lindenach?«

Sie sah erschrocken hoch. »Was?«

»Kennen Sie jemanden, den er kontaktiert haben könnte?«

Sie überlegte kurz. Dann huschte unerwartet der Anflug eines Lächelns über ihre Lippen. Es war nur ein leichtes Krümmen der Mundwinkel, aber Matter hatte es bemerkt. Er sah zu Liechti hinüber.

»Ich ... weiß nicht.«

»Hatte er neben Ihnen Familie hier? Freunde vielleicht?«

»Unsere Kinder ... Markus und Karin ... ich verstehe das nicht. Das Halsband ...?« Sie sah Matter an, der erneut Schuldgefühle bekam. Er nickte sanft.

»Ja, ich habe es bei ... deinem verstorbenen Ehemann gefunden.«

»Aber ...?«

»Sie müssen wissen, dass wir heute Morgen noch nicht wussten, wer der Tote war. Er trug keine Papiere und auch kein Handy bei sich«, meldete sich Wildhaber zum ersten Mal zu Wort. Sie sah ihn an, als hätte sie ihn bereits vergessen.

»Ich wusste es nicht«, sagte Matter leise.

»Haben Sie jemanden, den Sie anrufen können?« Liechti übernahm wieder das Gespräch.

»Ich ... vielleicht Markus, meinen Sohn ... aber ich komm schon klar. Er war so lange weg. Ich konnte mich mit seiner Abwesenheit anfreunden.«

5

»Danke«, sagte Matter und öffnete die Tür des Wagens, mit dem Liechti ihn heimgebracht hatte.

»Tina ist schon zu Hause. Habe sie gleich mitgenommen. Du hattest ja keine Zeit, sie am Bahnhof abzuholen.« Er zwinkerte ihm zu. Matter ließ sich in den Wagen zurückfallen.

»Ich verstehe das nicht, Peter. Da verschwindet ein Mann vor zehn Jahren spurlos, lässt alles hinter sich, Frau und Kinder. Ohne Erklärung. Und dann kommt er zurück, um zu sterben.«

»Das gilt es jetzt herauszufinden. Was damals geschah und was heute.«

»Sie sagte mir, sie wären glücklich gewesen.«

»Pass auf, Hans. Man behält stets die guten Dinge in Erinnerung. Das Gehirn korrigiert die Wirklichkeit immer zugunsten der Sonnenseiten. Und Fotos zeigen die schönen Augenblicke. In den unwillkommenen pflegt man keine Bilder zu machen. Zehn Jahr sind eine lange Zeit.«

»Du meinst, sie hat gewisse Dinge verdrängt?«

»Wir wissen derzeit zu wenig, um darüber spekulieren zu können. Alles, was wir haben, ist ein Mord. Gemäß den ersten Einschätzungen muss Urs Lindenach gestern Abend um die elf Uhr gestorben sein. Voraussichtlich an den Folgen des Schusses, den man auf ihn abgefeuert hat.«

»Es gab nur einen Schuss?«

»So wie es aussieht, ja«, ergänzte Wildhaber.

»Er kannte den Täter«, überlegte Matter laut.

»Oder aber jemand lauerte ihm auf.«

»Was bedeutet, dass er wusste, dass Lindenach dort auftauchen würde. Habt ihr die Tatwaffe gefunden?«

»Noch nicht.«

»Wo hat er gelebt?«

»Das wissen wir derzeit auch noch nicht«, gab Liechti Antwort.

»Wie seid ihr auf seine Identität gestoßen?«

Wildhaber tauschte einen kurzen Blick mit Liechti aus. »Wir haben ein Foto des Gesichts durch die Erkennungssoftware gelassen.«

»War er denn bei den polizeilichen Behörden bekannt?«

»Jahre vor dem Verschwinden erschien sein Name in einer Affäre um Wettschulden und Steuerhinterziehung.«

»Und dann natürlich vor zehn Jahren, als sie eine Vermisstenmeldung herausgab«, ergänzte Liechti.

Matter schwieg kurz. Er setzte an, um noch etwas zu sagen, verwarf es dann aber wieder.

»Danke fürs Heimfahren.«

»Das ›Bärenhöfli‹ holen wir dann mal nach.«

»Das werden wir, Peter.«

Matter schloss die Autotür und versenkte seine Hände in den Taschen seiner Jacke. Es war schon wieder frisch geworden. Er sah dem Wagen nach, bis die Bremslichter am Kreisel aufleuchteten, dann stieg er langsam die Treppe zu seiner Wohnung hoch. Es war ein schönes Gefühl, in eine hell erleuchtete Wohnung zu treten. Die Einsamkeit, die er plötzlich im Wagen verspürt hatte, war weg. Ein kurzer Gedanke galt Margret Lindenach, während er sich seiner Schuhe entledigte und die Jacke aufhängte.

»Hi, Paps. Isst du auch etwas?«

»Riecht schon köstlich hier.«

»Ich dachte, ich fang schon einmal an.«

Matter holte ein Rotweinglas heraus, entkorkte die angefangene Flasche und schenkte ein.

Jazzmusik kleidete die Räume in eine sanfte Fröhlichkeit. Er nahm einen Schluck und genoss den Augenblick, während Tina sich wieder an den Pfannen zu schaffen machte.

»Wie war dein Tag?«, fragte sie.

Matter kannte sie gut genug, um zu wissen, dass sie vor allem über den Mord etwas erfahren wollte.

»Du weißt vom Toten?«

»Ich arbeite bei der Kripo. Wir hören den Funk ab.«

»Natürlich.« Er erzählte ihr von seinen Eindrücken, und sie rührte in den Pfannen, fügte Gewürze hinzu und Pfeffer. Als er seinen Eindruck von Margret Lindenach zum Besten gab, sah sie ihm zu, wie er Teller und Besteck hervorholte. »In einem deiner Krimis wäre sie die Täterin.«

Matter hielt inne. »Wohl kaum.«

Sie nahm ihm die Teller aus den Händen, entgegnete aber nichts.

»Nein, bestimmt nicht«, versuchte er sich selbst zu überzeugen. »Wie kommst du denn darauf?«

»Ich meine, ich kenne sie ja nicht persönlich. Aber ich weiß, wie Frauen ticken.«

»Tust du das?«

Der Kochlöffel verfehlte Matter nur knapp.

»Hey!«

»Jetzt mal im Ernst, Hans. Zehn Jahre sind eine lange Zeit, um auf Rache zu sinnen.«

»Du meinst ...?«

»Unterschätze nie eine verratene Frau.«

»Aber in ihrem Alter ...«

Tina hob die Augenbrauen.

»Hast ja recht«, gab Matter zu. »Schießen kann man noch bis ins hohe Alter. Und trotzdem ... ich kann mich mit der Idee nicht wirklich anfreunden.«

Sie lehnte sich an den Herd. »Morde garen im Herzen wie Speisen im Ofen. Manchmal jahrelang. Wenn dann einer geschieht, dann kommt das für alle überraschend. Doch die Tat an sich braucht Zeit. Die meisten Morde geschehen im engen Familien- oder Freundeskreis. Deshalb ist da immer auch ein Hauch von Verrat dabei.«

Tina richtete die Teller an. Matter war beeindruckt und auch ein wenig stolz.

»Mach dir keine Gedanken. Das Rezept habe ich aus dem Netz.«

»Sieht trotzdem köstlich aus.«

Sie hatte Rucola-Polenta mit Zürcher Geschnetzeltem vorbereitet. Die Kalbsfleischstückchen und die Champignons in einer hellen Sauce aus Rahm und Weißwein. Matter verspürte Hunger und schuldige

Freude. Er nahm sein Glas und die Flasche, als sein Blick auf das orangene Post-it fiel.

»Was ist das?«

»Habe ich fast vergessen. Das ist Bredlachs Handynummer.«

»Bredlach?«

»Du erinnerst dich nicht mehr an meine Lehrerin?«, spottete sie und stellte die Teller auf den Tisch.

»Natürlich erinnere ich mich. Aber warum die Nummer?«

»Sie will mit dir sprechen.«

»Mit mir?« Matter blickte verdutzt, gesellte sich an den Tisch und schenkte sich nach. »Was will sie denn?«

»Wenn ich das wüsste, hätte sie mir ihre Nummer nicht zu geben brauchen.«

Bredlach. Er erinnerte sich an eine äußerlich streng wirkende Persönlichkeit. Sie schien nicht nur kompliziert, sie war es auch gewesen. Immer streng gekleidet, wie die Lehrerinnen zur Schulzeit seiner Eltern, große Brille und ganz eigene Ideen. Es fehlte ihr an Humor und Improvisation. Als er sie vor gut einem Jahr das letzte Mal traf, glaubte er sogar den Duft von Mottenkugeln zu riechen. Was die wohl von ihm wollte?

»Am besten rufst du sie einfach mal an.«

»Ist wohl das Beste.«

»Und jetzt wünsch ich dir en Guete.«

6

»Und es war nicht einmal so schlecht, weißt du. Tatsächlich schmeckte es sogar hervorragend.«

Liechti rückte den Rückspiegel zurecht. »Tina hat dich also überrascht.«

»Ich frage mich, wo all die Jahre hin sind.«

»Ne, du fragst dich, wofür du noch da bist.«

»Zum Einkaufen und Putzen reicht's gerade noch.«

»Dann hast du ja Glück gehabt.«

»Wenn du es sagst.« In Matters Stimme klang Bedauern mit. Liechti erkannte eine schleichende Melancholie darin wieder. Er startete den Motor.

»Wohin fahren wir?«

»Markus Lindenach wartet auf uns.«

»Weiß er denn schon vom Tod seines Vaters?«

»Ich habe keine Ahnung, wie eng die Verhältnisse zwischen ihm und seiner Mutter sind. Von uns jedenfalls nicht.«

»Ein Test also?«

»Wir haben zwei Kinder in der Lindenach-Familie. Karin ist die Ältere, Markus der Jüngere. Beide waren schon über dreißig, als ihr Vater verschwand.«

»Vater Tochter, Mutter Sohn. Das würde mir ein Lektor als Klischee aus dem Manuskript streichen.«

»Ich weiß.« Liechti wirkte sichtlich amüsiert.

»Und wieso bin ich dabei?«

»Du kennst die Menschen hier. Und du brauchst dringend frische Luft.«

»Wirke ich denn schon so alt?«

»Und du musst eine Katze finden.«

Matter sah Liechti überrascht an.

»Nun, ja, habe ich gehört.«

Matter schüttelte ungläubig den Kopf. »Warum haben alle das Gefühl, ich kann mich nicht um mich selbst kümmern?«

»Ist das so?«

Matter seufzte. »Gibt es neue Informationen, die ich wissen sollte?«

Liechti wurde ernst. »Wir wissen derzeit immer noch nicht, wo er sich aufhielt. Kein Hotel wusste von ihm. Wir haben die Suche bis nach Bern hin ausgedehnt.«

»Kreditkarten? Handy?«

»Wir haben nichts dergleichen.«

»Entweder der Täter hat sie mitgenommen ...«

»... oder Lindenach wurde überrascht und konnte sie nicht mitnehmen.«

»Wo war Lindenach zu Hause?«

»Das wissen wir nicht. Er ist nirgends in der Schweiz gemeldet.«

»Ausland?«

Liechti setzte den Blinker, antwortete aber nicht. Matter überlegte. »Er verschwand also vor zehn Jahren, taucht plötzlich wieder auf und wird ermordet.«

»Genau.«

»Um so von der Bildfläche zu verschwinden, muss schon etwas dahinterstecken. Kein Kontakt mehr mit der Frau, kein gemeldeter Aufenthaltsort. Sieht nach einer Flucht aus. Aber vor wem? Und was kann denn so wichtig sein, dass er um seine Familie Angst hat, wenn er bleiben würde?«

Liechti parkte den SUV.

»Lass es uns herausfinden.«

Er öffnete seine Tür und stieg aus.

Nach dem geheizten Inneren des Wagens kroch die Kälte eisig durch die Kleidung. Ob das Quartier noch zu Neuenegg gehörte, vermochte Matter nicht auf den ersten Blick zu sagen. Große Ein- bis Zweifamilienhäuser reihten sich in großzügig geschnittenen Gartenflächen aneinander. Matter erinnerte sich nicht, je einmal hier gewesen zu sein. Das Quartier wurde durch einen kleinen Forst vor den es umgebenden Feldern geschützt.

Er blickte die Straße einmal hinauf und dann hinab. Hecken, Steinmauern und tief gesetzte Dächer verstellten den Blick auf die Gebäude selbst. Das von Lindenach thronte über einer Doppelgarage und besaß ein Fenster, das wie ein Wachturm aus dem braunen Schrägdach ragte. Ein Fahrrad stand in der Zufahrt an der Mauer.

Über eine Treppe gelangten die Männer zur Eingangstür. Liechti klingelte.

»Wie kannst du sicher sein, dass er um diese Zeit zu Hause ...?«

Die aufschwingende Tür verhinderte, dass er die Frage zu Ende brachte. Markus Lindenach ähnelte seinem Haus. Er trug eine kleine, runde Brille, hatte braune Haare und einen Vollbart. Er trug ein Karohemd und Jeans. John Lennon mit vierzig Kilogramm Übergewicht.

»Ja?«

»Guten Tag. Ich bin Peter Liechti und das ist Hans Matter.«

»Ach ja. Ihre Sekretärin hat Sie angekündigt. Kommen Sie doch rein.«

Er ging vor und kurz darauf befanden sie sich im Wohnzimmer. Eine Sofalandschaft beherrschte das Zentrum des Raumes. Beim Eintreten kam Matter nicht umhin, in den Garten zu blicken. Die ganze dem Flur gegenüberliegende Fensterfront lud dazu ein. Lindenach forderte sie auf, Platz zu nehmen, setzte sich dann in einen alten Schaukelstuhl.

»Vielen Dank, dass Sie sich Zeit für uns genommen haben, Herr Lindenach«, begann Liechti, während Matter sich umsah. Die Steinmauern waren roh belassen worden, was dem Raum etwas Ursprüngliches gab. Eine Feuerstelle und Möbel, die durch diskrete Formen zu beruhigen wussten. Ein Bild über dem Kamin zeigte die impressionistische Momentaufnahme eines Mannes auf einem Waldweg. Monet war es nicht.

»Keine Ursache. Wie kann ich Ihnen behilflich sein?«

»Ihr Vater, Urs Lindenach, ist vorgestern Nacht verstorben.« Liechti machte eine Pause, wartete auf eine Reaktion, die nicht kam.

»Ich denke, da Sie von der Kripo sind, ist er keines natürlichen Todes gestorben?«

»Das ist richtig. Er wurde ermordet.«

Lindenach nickte kurz und lehnte sich im Schaukelstuhl zurück. Sein Blick verlor sich im Garten.

Matter konnte keinerlei Gefühle in seinem Gesicht lesen.

»Wie ist er gestorben?«, fragte Lindenach schließlich mit gepresster Stimme.

»Er wurde erschossen.«

Lindenach seufzte.

»Wussten Sie, dass er wieder hier war?«

»Ich?« Der Mann sah zu Matter hinüber.

»Nein. Ich hatte keine Ahnung. Und um ehrlich zu sein, wäre es mir auch egal gewesen.«

»Hatten Sie kürzlich Kontakt mit Ihrem Vater?«, fragte Liechti.

»Definieren Sie mir kürzlich?«

»Sagen wir in den letzten zehn Jahren?«

Er schüttelte den Kopf. »Das hatte keiner von uns.«

»Wie können Sie sich da so sicher sein?«

Lindenach lächelte gequält, antwortete aber nicht.

»Ich muss gestehen, Sie tragen die Nachricht mit Fassung.«

»Ich habe gestern Abend mit meiner Mutter darüber gesprochen. Die Information kommt also nicht wirklich überraschend.«

»Verstehe. Gibt es einen Grund, weshalb er zurückgekommen sein könnte?«

»Ich war mit Sicherheit nicht der Grund. Und von mir aus hätte er auch bleiben können, wo er war.«

»Ich verstehe nicht ganz ...«

»Wir brauchen nicht noch einmal solch ein Drama.«

»Sie haben unter seinem plötzlichen Verschwinden gelitten?«

»Ich? Bei Gott, nein. Aber zu sehen, wie er das Leben meiner Mutter zerstört hat, werde ich ihm nie mehr vergessen. Ich hatte Angst um sie, wissen Sie. Wie konnte er nur einfach gehen? Ohne Erklärung, ohne ...« Lindenach redete sich langsam in Rage. Matter konnte die Wut nun deutlich heraushören.

»Ich kann das nachvollziehen, wenn ...«

»Nichts können Sie!« Lindenach hielt inne, biss sich auf die Lippen. »Ich meine, es lag nicht am Geld. Er hat für meine Mutter vorgesorgt. Dieses vermaledeite Geld. Als könnte er sich von seinem Handeln freikaufen. Aber es geht nicht darum. Es geht um Menschlichkeit. Man kann doch nicht jemanden nach über dreißig Jahren einfach ...«

Er sprach den Satz nicht zu Ende, lehnte sich nach vorn, betrachtete seine Hände.

»Haben Sie eine Idee, warum man ihn töten wollte?«

»Wo wurde er gefunden?«

»Am Sense-Ufer.«

Lindenach nickte kurz. Schweigen legte sich über den Raum.

»Ich weiß nicht, warum man ihn getötet hat«, sagte er schließlich.

»Ich muss Ihnen jetzt leider diese Frage stellen. Wo waren Sie vorgestern Nacht zwischen zehn Uhr abends und zwei Uhr morgens?«

»Ich war hier. Zu Hause.«

»Kann das jemand bezeugen?«

»Nein, es war keine andere Person bei mir.«

»Und Sie sind den ganzen Abend hier gewesen?«

»Vielleicht war ich auch schnell mal draußen, aber ja, den ganzen Abend.«

»Wieso würden Sie rausgehen wollen?«

»Wegen dem Hund.«

»Dem Hund?« Matter blickte sich um.

»Er ist bei meiner Frau. Also Ex-Frau. Wir haben uns für ein geteiltes Sorgerecht entschieden. Vorgestern hatte sie am Abend eine Gemeinderatssitzung. Ich habe auf ihn aufgepasst.«

»Wie alt ist er denn?«

Lindenach sah Matter verständnislos an. »Sechs Jahre, aber ich weiß nicht ...«

»Seit wann sind Sie denn von Ihrer Frau getrennt?«, fragte Liechti ruhig.

»Geschieden. Aber was hat das denn mit dem Mord meines Vaters zu tun?« Wieder war der angriffslustige Ton in der Stimme auszumachen.

»Derzeit kann uns alles helfen, Herr Lindenach.«

Der Angesprochene schwieg.

»Nun dann.« Liechti stand auf. Matter tat es ihm gleich. »Wir können das auch anderweitig ausfindig machen. Vielen Dank für Ihre Zeit.«

Lindenach blieb kurz sitzen, als wäre er erstaunt, dass das Gespräch schon zu Ende war. Dann erhob er sich schwerfällig.

»Von wem ist das Bild?«, fragte Matter und deutete auf den Spaziergänger über dem Kamin.

Lindenach sah ihn verwundert an.

»Max Slevogt. Er gehörte zu den Freilichtmalern. Im Gegensatz zu den Ateliermalern arbeitete er direkt vor dem Motiv in der freien Natur.«

7

»Was sollte die Frage nach dem Maler? Und was interessiert dich das Alter des Hundes?«, wollte Liechti wissen.

»Nichts weiter. Ich bin eben vielseitig interessiert.«

Liechti sah Matter an. Der wusste instinktiv, dass er ihm nicht glaubte. Er seufzte.

»Nehmen wir einmal an, Markus Lindenach hätte was mit dem Tod seines Vaters zu tun. Dann wäre der Hund dem Toten mit großer Wahrscheinlichkeit begegnet.«

»Und?«

»Der Hund kann ihn nicht kennen. Er ist erst sechs Jahre alt. Und was machen wir jetzt?«

»Wir wissen nun, dass seine Mutter mehr unter dem Verschwinden gelitten hatte als angenommen. Und dass der Sohn Lindenach mächtig unter Druck steht. Da gibt es viele Baustellen, in die wir während des Gesprächs Einblick erhielten.«

»Er scheint viel Bitterkeit gegenüber seinem Vater mit sich herumzutragen. Die Sorge um seine Mutter, das Nicht-Verstehen … wäre es zu weit hergeholt anzunehmen, dass Urs Lindenach zurückkam, um die Situation zu klären?«

»Wäre eine Möglichkeit. Dann verstehe ich allerdings nicht, warum er sich nicht als Erstes mit seiner Frau in Verbindung setzte. Wieso würde er zuerst seinen Sohn kontaktieren?«

Matter schwieg und in dem Schweigen läutete sein Handy. Erschrocken fischte er es aus seiner Tasche.

»Tut mir leid … ich …« Er blickte auf die unbekannte Nummer auf dem Display.

»Matter?«

Liechti startete den Wagen.

»Frau Bredlach … nein, nein, ist schon gut … woher haben Sie …? Eine alte Klassenliste von Tina … aha … nun …«

Matter blickte zu Liechti hinüber, der den Wagen zurück ins Dorfzentrum lenkte.

»Ich denke, das lässt sich einrichten … in fünf Minuten … bei Mario … gut gut … bis gleich.«

»Wo kann ich dich absetzen?«

Matter steckte sein Handy ein.

»Beim Tea-Room.«

»Wer war das?«

»Bredlach, eine ehemalige Lehrerin von Tina.«

»Aha.«

»Was heißt denn nun ›aha‹?«

»Nichts.«

»Ach, komm schon. Sie hat Tina gefragt, ob ich sie zurückrufen könnte.«

»Hat sie das?« Liechti warf Matter einen belustigten Seitenblick zu.

»Ja, hat sie.«

Minuten später schloss Matter die Beifahrertür und sah dem Wagen nach, wie er in Richtung Flamatt davonrollte. Er richtete den Kragen seiner Jacke, den Schal und überquerte die Straße zum Tea-Room. Wohl war ihm dabei keineswegs. Und das lag definitiv nicht nur an der Kälte.

Der Blick, mit dem ihn Mario begrüßte, sprach Bände. Matter verdrehte die Augen. Der Bäckereiangestellte deutete mit dem Kopf in eine Richtung.

Als Matter hinsah, blieben ihm für einen kurzen Augenblick die Gedanken weg.

Wäre Ursula Bredlach nicht der einzige Gast an einem Tisch gewesen, er wäre sehr wahrscheinlich an ihr vorbeigegangen, ohne sie wiederzuerkennen. Die Frau trug ihr Haar offen, war dezent geschminkt, was ihre Augen betonte. Sie trug eine helle Bluse, eine goldene Kette im Ausschnitt. Eine Brille lag neben dem Glas Tee vor ihr.

Matter ging auf sie zu.

»Ich ... es tut mir leid ... ich ...«

Er lächelte verlegen.

»Du hast mich nicht wiedererkannt. Ich weiß. Das geht den meisten so, die mich nicht so oft sehen.«

Matter sah zu Mario hinüber, der nickte und begann, ihm eine Tasse Tee vorzubereiten. Dann entledigte er sich des Mantels und setzte sich.

»Nun ...« Er sah auf ihren Tee. »Earl Grey mit Milch?«

Sie nickte. Mario stellte Matters Tasse vor ihn. »Wohl bekomms!«

Bredlach lachte, als Matter dem Teewasser die Milch hinzufügte.

Ein für Matter unangenehmes Schweigen folgte. »Ich weiß nicht, was ich ...« Was war bloß mit ihm los? »Tina hat mir gestern deine Nummer gegeben.«

»Schön. Wie geht es ihr?«

»Sie macht eine kaufmännische Lehre bei der Polizei in Bern.«

»Ach, schau mal einer an.«

Matter merkte, wie stolz er war.

»Und du schreibst immer noch Bücher?«

»Ja.«

Wieder schwiegen sie. Irgendwie hatte das Gespräch Mühe, in Gang zu kommen. Und trotzdem suchten sich ihre Augen immer wieder.

»Und was machst du?«, fragte Matter.

»Ich habe mich vor einem Jahr aus dem Lehreramt entlassen.«

»Das tut dir jedenfalls gut.«

»Danke.«

Er senkte den Blick auf seinen Tee, rührte ihn langsam um. Sie beobachtete jede seiner Gesten.

»Aber deshalb wolltest du mich ja sehr wahrscheinlich nicht sehen.«

»Nein, tatsächlich nicht. Obwohl ...«

Er sah überrascht auf. Der Schalk in ihren Augen war offenkundig. »Ich brauche deinen Rat für eine Freundin von mir.«

»Meinen Rat?«

»Ich bin mit dem Thema Stalking nicht wirklich vertraut.«

»Stalking?«

»Ja, und da du ja Krimis schreibst, dachte ich ...«

»... dachte Mario ...« Matter warf dem Italiener einen kurzen Blick zu. Aber der war mit seiner Auslage beschäftigt. Sie lächelte gutmütig.

»... dachte Mario, du könntest vielleicht helfen.«

Matter nahm einen Schluck Tee.

»Was ist denn vorgefallen?«

»Ich kenne Monika schon seit Jahren. Wir gehen gemeinsam zum Yoga und unternehmen auch sonst kleine Ausflüge zusammen. Sie durchlebt gerade eine schwierige Zeit. Ein finanzieller Engpass. Vor einem Monat ist ihre Mutter plötzlich verstorben. Und dann kommt jetzt noch hinzu, dass sie sich seit einer Woche, vielleicht ein bisschen mehr, beobachtet fühlt.«

»Als würde ihr jemand folgen?«

Bredlach nickte. »Das Gefühl sei am unangenehmsten, wenn sie sich zu Hause befindet.«

»Hat sie die Person denn schon gesehen?«

Sie schüttelte den Kopf. »Eines Abends letzte Woche ging sie demonstrativ ans Fenster, als sie das Gefühl wieder spürte. Gesehen hat sie aber niemanden.«

»Hat sie irgendwelche Mitteilungen erhalten oder sonstige Anhaltspunkte?«

»Nein. Niemand glaubt ihr.«

»Das kann ich nachvollziehen. Und wieso glaubst du ihr?«

Bredlach schwieg einen Moment. Sie machte einen Schmollmund, während sie überlegte. Er stand ihr gut. »Weil sie keinen Grund hat, mich anzulügen.«

»Weibliche Intuition also?«

»Du kannst es auch so sehen.«

»Und was erwartest du von mir?«

»Was würdest du tun?«

»Herausfinden, wer sie beobachtet.«

Bredlach nahm einen Schluck Tee. Matter begriff langsam.

»Ich weiß nicht ...«

»Sie möchte Klarheit haben. Das Gefühl verunsichert sie zunehmend.«

Matter sah zu Mario hinüber, der ihm zuzwinkerte.

»Nun ja ...«

»Sehr gut. Ich dachte, wir könnten heute Abend Wache stehen.«

»Wache stehen?«

»Klar. Ich habe das schon mit Monika abgesprochen.«

»Aber ...«

»Es bedeutet mir viel, danke.« Sie legte eine Hand auf seinen Vorderarm. »Ich wusste, dass ich auf dich zählen kann.«

Matter blickte zu Mario, der ihm einen Daumen hoch gab und dabei schief grinste. Bredlach stand auf, legte ihren Mantel an, griff nach der Brille und ihrer Handtasche.

»Treffen wir uns um acht hier? Ich bringe heißen Tee mit.«

8

»Du machst was?« Tina sah ihn entgeistert an. Und sie hatte noch nicht einmal ihren Mantel ausgezogen.

»Klingt schräg, nicht wahr?«

»Und ob!« Sie entledigte sich ihrer Schuhe.

»Sie ist ganz anders, als ich sie in Erinnerung hatte.«

»Ich könnte sie anrufen, wenn du nicht hingehen willst.«

»Du würdest ...?«

»Klar doch. Nach so vielen Jahren weiß ich, wie sie tickt.«

»Nein!«

Tina hielt inne, warf Matter einen kurzen, aber intensiven Blick zu. »Holla, die Waldfee, jetzt wird's aber spannend.«

Sie ging an ihm vorbei in die Küche und nahm sich ein Glas aus einem der Küchenmöbel, das sie mit Leitungswasser füllte.

»Ich habe ihr versprochen zu helfen.«

Tina nahm einen Schluck Wasser und stellte das Glas auf die Anrichte.

»Ich glaub's nicht.« Sie öffnete den Kühlschrank.

»Isst du noch hier oder kannst du nichts essen, wegen den Schmetterlingen?«

Matter schnitt ihr eine Grimasse und blickte auf die Uhr an der Wand. »Viel Zeit bleibt mir vor dem Treffen nicht mehr.«

»Wie du meinst.« Nachdem sie sich ihres Mantels entledigt hatte, fing sie an, Gemüse aus dem Kühlschrank zu nehmen, dann Pfannen aus den Schubladen unter dem Kochfeld. Kurz darauf roch es bereits vielversprechend.

Matter merkte, wie hungrig er war.

»Wie war dein Tag?«, fragte er, um sich auf andere Gedanken zu bringen. Sie hielt kurz inne, warf ihm einen Blick zu und geschnittene Zwiebeln in die geschmolzene Butter.

»Ich habe die Zeugenaussagen im Fall Lindenach archiviert. Sie konnten gestern nicht alle Anwohner erreichen, aber für ein paar Dutzend ›Ich hab nichts gesehen oder gehört‹ hat es dann doch gereicht.«

»Gibt es Neues?«

»Das musst du eher Peter fragen. Er war den ganzen Tag außer Haus.«

Matter erzählte ihr vom Besuch bei Lindenachs Sohn Markus. Sie hörte geduldig zu, während die Gemüsepfanne sich langsam füllte. Als sie einen Schuss Sojasauce hinzugab, runzelte sie die Stirn.

»Einen Hund, sagst du? Da war was in den Aussagen. Einer der Anwohner aus dem Wassermattweg gab Auskunft, er wäre am Abend des Mordes wegen dem Gebell eines Hundes auf den Balkon getreten.«

»Hat er irgendetwas gesehen?«

Tina überlegte kurz, schüttelte dann den Kopf. »Es war zu dunkel, wegen dem herannahenden Gewitter.«

»Kannst du dich an seinen Namen erinnern?«

»Ist das nicht ein wenig im Trüben fischen? Auf dem Waldweg am Fluss gehen jeden Abend unzählige Menschen mit ihren Vierbeinern spazieren ...«

»Da hast du recht. Viele Spuren haben wir ja nicht. Die meisten wurden mit dem Unwetter fortgespült. Dann könnte ...«

»Schon gut, schon gut. Ich werde morgen die Aussage heraussuchen und Peter ins Büro legen.«

»Gutes Mädchen. So ich muss jetzt los. Wie knackt man denn Ursula?«

Tina sah ihm verschmitzt nach, wie er in den Eingangsbereich ging, den Kochlöffel in der Hand.

»Das musst du schon selbst herausfinden.«

»Och, komm jetzt. Nur ein kleiner Tipp?«

»Dich hat's ja wirklich erwischt.«

»Ich war überrascht.« Matter schlüpfte in seine Schuhe.

»So überrascht, dass du eingewilligt hast, in der Kälte der Nacht die Wohnung einer Freundin von ihr zu überwachen.«

Matter nahm seine Jacke vom Haken und kam in die Küche zurück »Klingt schräg, nicht wahr?«

»Allerdings.«

»Brauchst mir nichts auf die Seite zu tun. Ich komme sehr wahrscheinlich spät zurück.«

Etwas wehmütig schloss Matter die Tür hinter sich.

Die Temperaturen draußen waren nicht angenehmer geworden. Zudem blies jetzt eine kräftige Brise. Die Konsequenz: eine leere Denkmalstraße. Hatte Lindenach auch diese Einsamkeit gespürt, als er in der Mordnacht nach draußen ging? Das aufziehende Gewitter musste die Menschen nach Hause getrieben haben. Beim Kreisverkehr begegnete ihm ein erstes Lebenszeichen. Ein Auto, das vorbeifuhr, die Scheinwerfer Richtung Bern. Von Bredlach war nichts zu sehen. Matter blieb vor der Bäckerei stehen. Die Fenster starrten ihn dunkel und finster an. Die Sache mit dem Hund ging ihm nicht mehr aus dem Kopf. Dabei sollte er sich eher um eine Katze sorgen. Wie war das rote Halsband an den Ort gelangt, an dem man Lindenach fand?

Schritte näherten sich. Von Bredlach konnte man nur die Augen ausmachen. Ein dicker Wollschal bedeckte die untere Hälfte des Gesichtes, eine Wollmütze die Haare. Die Augen freuten sich, ihn zu sehen.

»Ich fühle mich wie ein Teenager«, sagte sie übermütig. »Ich war schon lange nicht mehr auf geheimer Mission.«

Und ich hab Hunger, dachte Matter und wagte, den Erfolg des Vorhabens infrage zu stellen. Er sagte nichts und so schlenderten sie die Gartenstraße hoch.

»Ich habe Kekse dabei, falls wir Hunger bekommen. Und natürlich selbst gemachten Tee.«

»Danke.«

»Ich hoffe, du magst Ingwer?«

Matter bejahte. »Gut.«

»Sag mal, Monika, deine Freundin. Seit wann fühlt sie sich denn beobachtet?«

Bredlach überlegte kurz. »Sie erzählt seit etwa einer Woche davon.«

»Und du sagtest, sie hätte ihre Mutter verloren?«

»Das war etwa vor einem Monat. Du denkst, es gibt eine Verbindung?«

»Wo ist ihr Vater?«

»Monika kennt ihren Vater nicht. Sie wurde von ihrer Mutter großgezogen. Er ist gestorben, als sie noch ein Baby war.«

»Das ist tragisch.«

»Nicht wahr?«

»Und die Mutter hat zeitlebens nicht wieder geheiratet?«

»Nicht dass ich wüsste.«

Matter schwieg.

»Ist das nicht spannend?«

»Beobachtet zu werden?«

»Nein, das natürlich nicht. Aber Monika hat nun auch angefangen, ihr Leben auszumisten. Wie ich es vor geraumer Zeit begonnen habe.«

»Und du stehst ihr mit Rat und Tat zur Seite, nehme ich einmal an.«

»Ich hatte Mühe, mich neu zu erfinden, das Alte loszulassen und hätte mir mehr als einmal gewünscht, lieber eine Telefonnummer anrufen zu können, als eine Flasche Rotwein zu trinken.«

»Das hat dir aber nicht geschadet.«

Sie gingen nun dem Wanderareal entlang in Richtung des Geissenbergs, einem Mitbeteiligungsprojekt der Kirchgemeinde. Es wurden dort Ziegen gehalten. Zweimal jährlich fand sogar das bekannte Geissen-Fest statt.

Bredlachs Freundin wohnte etwas unterhalb, gleich beim Kirchgemeindehaus. Sie mussten sich abgesprochen haben, denn die Silhouette einer Frau zeigte sich – auf die von Bredlach versandte SMS hin – an einem der beleuchteten Fenster im ersten Stock.

Das Warten begann. Und wie Matter es vorausgeahnt hatte, passierte rein gar nichts. Sie standen gleich bei den Parkplätzen, hinter einem Baum. Die Kekse entpuppten sich als vegane Kost, der Tee als Ingwertee.

Gegen zehn Uhr dreißig näherte sich ein Mann mit einem Hund. Matter und Bredlach zogen sich, so weit es eben ging, von der Schulhausstraße in die Dunkelheit des Gebäudes hinter ihnen zurück. Matter beobachtete argwöhnisch den Hund. Er musste um ihre Präsenz wissen. Das Tier schien sich nicht im Geringsten für sie zu interessieren. Der Mann blieb nicht weit von ihnen stehen und blickte zum ersten Stock hinauf. Matter sah Monika im Gegenlicht am Fenster stehen. War der Mann nun stehen geblieben, weil er sie dort stehen sah, oder kam er regelmäßig hierher? Als ein Auto in die

Straße einbog, setzte sich der Mann wieder in Bewegung. Die Scheinwerfer erfassten ihn einen kurzen Augenblick.

Matter hielt die Luft an.

Der nächtliche Spaziergänger war niemand anders als Markus Lindenach.

9

»So weit weg von seinem Haus war er jetzt auch wieder nicht«, verkündete Liechti. Er musterte einen Plan von Neuenegg, der neben anderen Fotos an der Wand seines Büros hing. Kleine Fähnchen markierten Orte. Ein rotes markierte den Fundort des Toten, ein gelbes Markus Lindenachs Haus.

Matter entnahm seinem Tee den Beutel und drückte ihn mit den Fingern auf dem Löffel aus. Beides war heiß. »Das Einzige, das wir nun wissen, ist welche Hunderasse Lindenachs Viech angehört. Ursula hat ihn sofort als einen Owtscharka erkannt, eine Art Hirtenhund. Sei nicht wirklich ein gängiges Tier, sagte sie mir. Man nennt die Rasse auch Bärendogge, hat mir Google versichert. Die Tiere sind kinderlieb, loyal und furchtlos. Und trotzdem hat er uns nicht bemerkt.«

»Na ja, vegane Kekse sind nicht unbedingt sein Beuteschema, denke ich.«

Matter seufzte. »So wild sah der auch wieder nicht aus.«

»Nachts sind alle Katzen grau, Hans.«

»Mäuse auch. Was machen wir heute?« Matter setzte sich schwerfällig.

»Wir werden Karin Nadalet einen Besuch abstatten.«

»Die Schwester?«

»Ja, die Tochter des Verstorbenen. Und dann ist da noch diese Geschichte mit der Zeugenaussage, die Tina mir ins Büro gelegt hat. Ich denke, da könnte etwas dran sein.«

»Warum meinst du? Der Weg entlang der Sense ist ein beliebter Ort fürs Gassigehen.«

Liechti griff nach seinen Schlüsseln und dem Handy.

»Nun ja, das mag sein. Ich möchte wissen, warum das im Rapport erwähnte Gebell ihn dazu veranlasst hat, auf den Balkon zu treten. Man dürfte doch davon ausgehen, dass die Anwohner an Hundelärm gewöhnt sind, oder nicht?«

»Hat was.«

»Kommst du?«

Matter stand auf, streckte sich. »Wachen sind nichts mehr für mich.«

»Eingerostet?« Liechti hielt ihm die Tür auf und folgte ihm in den Flur. Am Empfang saß Tina mit Susanne Steiner, die ihr am Bildschirm etwas erklärte.

»Wir sind dann mal weg, ja?«

»Warte schnell, Peter.« Steiner schnellte mit dem rollenden Bürostuhl rückwärts zur Anrichte und kam mit einer Notiz zurückgerollt. »Die haben im Fall Lindenach die Kugel gefunden.«

Er nahm den Zettel entgegen. »In Kürze?«

»In einem Knochen konnten Splitter sichergestellt werden. Frag mich nicht, wie.«

»Wie?« Sie sah ihn amüsiert an. »Sie wissen das Kaliber.«

»Aber nicht die Herkunft?«

Sie schüttelte den Kopf. »Sie brauchen dazu etwas länger.«

»Ich verstehe nicht ganz. Handelt es sich dabei um ein Spezialkaliber?«

»Das kann ich nicht sagen, aber der Kollege meinte, sie bräuchten noch ein wenig Zeit dafür.«

»Danke.« Liechti steckte den Zettel in die Tasche. »Ich rufe bei Gelegenheit zurück. Wir sind dann ...«

»... mal weg, klar.«

Liechtis Augen lächelten, als er sich zur Tür wandte.

Anders als Markus Lindenach bewohnte seine Schwester ein schlichtes Haus am Rosenweg, am anderen Ende von Neuenegg. Liechti parkte seinen Wagen vor dem letzten Garagentor mehrerer direkt in den Hügel eingelassener Parkmöglichkeiten. Die einstöckig wirkenden Gebäude lagen auf der gegenüberliegenden Straßenseite. Ein kleiner Vorgarten, zwei Fenster, die durch Gitter geschützt wurden. Keiner der Vorhänge bewegte sich, als sich die beiden Männer der roten Haustür näherten.

Noch ehe er klingeln konnte, öffnete sich die Tür.

Eine Frau mit kurzen, goldbraunen Haaren öffnete ihnen. Sie trug ein weißes T-Shirt und eine blaue Latzhose, die durch zahlreiche Farbflecke auffiel. Sie berührte ihre Stirn, als wäre sie es gewohnt, Haare aus dem Gesicht zu streichen.

»Frau Nadalet?«

Sie blickte kurz von Matter zu Liechti und zurück.

»Sind Sie nicht der Schriftsteller?«

Matter fühlte sich geschmeichelt.

»Und ich bin Peter Liechti von der Kripo in Bern«, sagte Liechti, bevor sein langjähriger Freund etwas erwidern konnte. »Wir hätten da einige Fragen an Sie.«

»Klar.« Sie öffnete die Tür. »Passen Sie auf, dass Sie nicht in die Farben treten.«

Liechti und Matter folgten ihr ins Haus. »Sie renovieren?« Er schlängelte sich an einer Holzleiter vorbei und ließ seinen Blick über Abklebeband, Zeitungen, Pinsel und Farbeimer gleiten.

»Ab und an muss man was machen, nicht wahr?«

Sie ging ihnen voraus bis in die Küche, wo sie sich die Hände wusch. »Sie haben mit Markus gesprochen?«

Matter blickte sich um. Der Raum war großzügig geschnitten. Die offene Kücheninsel ging auf den Wohnbereich. Ihm wurde erst jetzt klar, dass es noch ein Stockwerk unter ihnen geben musste, das man von der Straße her nicht sah. Die Aussicht entsprach in etwa der, die er von seinem Balkon genießen durfte.

»Ja, das haben wir«, sagte Liechti.

»Die waren schon immer unzertrennlich.«

»Ihr Vater und er?«

»Nein, meine Mutter und er.«

Sie trocknete ihre Hände ab und sah Matter dabei zu, wie er sich langsam einer Bibliothek näherte.

»Hatten Sie Kontakt zu Ihrem Vater, bevor er starb?«, fragte Liechti.

»Nein. Ich wusste nicht einmal, dass er wieder da war.«

»Wissen Sie, warum er zurückgekommen sein könnte?«

Sie nahm sich ein Glas aus der Spüle und füllte es mit Wasser. »Ich habe keine Ahnung.«

»Es scheint sie nicht wirklich zu berühren.«

»Ich habe gelernt, ohne ihn auszukommen.« Sie nahm einen Schluck und stellte das Glas auf den Tresen. »In zehn Jahren hatte ich genug Zeit, um Abschied zu nehmen.«

»Ich muss Ihnen diese Frage stellen. Wo waren Sie gestern Abend zwischen zehn Uhr und ein Uhr morgens?«

»Hier.«

»Kann das jemand bezeugen?«

»Vielleicht der Nachbar, der mir beim Leben zusieht.«

»War niemand bei Ihnen?«

»Nein.«

»Seit wann interessiert sich Ihr Mann für den Schützensport?«, fragte Matter aus dem Wohnzimmer. Er stand neben einer Reihe Pokale.

»Mein Mann?« Sie lachte. »Wozu braucht man denn heute noch einen Mann?«

»Tut mir leid, ich dachte ...«

»Wenn Sie die Wahrheit kennen, brauchen Sie nicht mehr zu glauben.«

»Seit wann sind Sie aktive Schützin?« Liechti über-nahm das Gespräch.

»Seit ich sechzehn Jahre alt bin. Sehen Sie, bei uns ist es gerade umgekehrt. Ich bin diejenige, die man ruft, wenn etwas kaputt gegangen ist. Mein Bruder ... na ja ... ist halt mein Bruder.«

»Sie halten nicht sehr viel von ihm?«

»Ist das eine Frage?«

»Besitzen Sie eine Waffe?«

»Ich schieße ausschließlich mit Pistole. Und nein, ich habe keine Waffe zu Hause. Die bleibt im Ver-ein.«

»Von wem haben Sie denn diese ... Passion?«

Sie sah ihn nachdenklich an. »Nun, ich dachte, dass Sie das bereits wüssten.«

»Und wenn dem so wäre?«

»Dann verstehe ich die Frage nicht. Mein Vater arbeitete lange Zeit für die Armee.«

»Er hat Ihnen das Schießen beigebracht?«

»Wir verbrachten viel Zeit in den Schießständen, als wir klein waren.«

»Verstehe. Kannten Sie jemanden, der Ihrem Vater hätte schaden wollen?«

»Nun ja, aus irgendeinem Grund ist er ja vor zehn Jahren abgehauen.«

»Kennen Sie jemanden?«

Sie schüttelte den Kopf. »Ich würde mal an dem Kapitel anknüpfen, das er durch seine Flucht beendet hat.«

»Sie nennen es eine Flucht?« Matter sah zu ihr hinüber.

»Was ist es anderes? Sie können es auch das ›Ich will keine Verantwortung mehr übernehmen‹ Kapitel nennen. Letztendlich kommt das Gleiche dabei heraus.«

»Ich höre Enttäuschung in Ihrer Stimme.«

Nadalet lachte auf. Es klang irgendwie verzweifelt. »Mein Vater, mein Held. Aber Helden fliehen nicht, wissen Sie. Sie treffen Entscheidungen und stehen dazu.«

10

»Was für schöne Familienverhältnisse.« Liechti startete den Motor.

»Ich kann das nachempfinden. Jemand, der ohne
offensichtliche Erklärung verschwindet ...«

»Ist das nicht ein bisschen sentimental?«

Liechti tippte eine Adresse in das Navigationsgerät
ein.

»Das gewünschte Ziel liegt in Fahrtrichtung.«

»Nicht im Geringsten. Weil er dazumal ging,
haben die Jahre Gefühle wachsen lassen, die nun
jedem einen Grund geben könnten, ihn zu töten.«

»Da hast du allerdings recht. Markus wirkte
wütend, Karin klar verbittert.«

»Sie hat jedenfalls recht, was das mögliche Tatmo-
tiv angeht. Wir sollten herausfinden, warum er
dazumal ging.«

»Und wie willst du das anstellen?«

Matter zuckte mit den Schultern. Liechti legte den
Rückwärtsgang ein und wendete den Wagen.

»Bitte wenden Sie bei der nächsten Möglichkeit.«

Sie schwiegen, während Liechti den Wagen in Richtung des Dorfzentrums lenkte. Das Navigationssystem gab einige gegensätzliche Anweisungen, bevor es die Route neu berechnete, und schwieg dann, bis es Liechti in den Wassermattweg einbiegen ließ. Fünf identische Gebäude reihten sich aneinander. Jeweils vier Stockwerke. Liechti hielt vor dem Zweitletzten an.

»Sie haben das Ziel erreicht.«

Liechti schaltete den Motor aus. »Weder Margret noch Markus noch Karin haben gewusst, dass er zurück war. Aber jemand musste ihn erkannt haben, sonst wäre er nicht tot.«

»Wir wissen ja den Grund nicht, weswegen er zurückkam. Vielleicht wurde er in eine Falle gelockt.« Matter öffnete die Tür.

»Du denkst wie ein Schriftsteller.«

»Und was ist daran so falsch?«

»Weißt du, wie man einen dicken Schriftsteller nennt?«

»Ich bin nicht dick. Man kann mich nur gut sehen.«

Liechti winkte ab. »Einen Kugelschreiber.«

Das Gebäude war modern und großzügig gebaut worden, so auch die Wohnungen.

Reto Wälchli öffnete ihnen die Tür und führte sie direkt auf den Balkon, von dem er eine wunderbare Aussicht auf den Fluss genoss.

»Sie haben ausgesagt, Sie wären wegen eines Hundegebells kurz vor dem Unwetter auf Ihren Balkon getreten. Das muss hier nichts Spezielles sein, oder?« Liechti sah zu den Wohnwagen hinunter. Den Ort, wo man Lindenach gefunden hatte, konnte man von hier aus nicht sehen. Auch die Promenade blieb durch die Bäume nur bedingt erahnbar.

»Das war eine spezielle Nacht. Ich habe das noch nie so gespürt, diese Gewalt in den Elementen. Es war, als sei die Luft elektrisiert.«

»Was hat Sie denn dazu veranlasst, auf den Balkon zu treten?«

»Der Wind hatte bereits an Stärke zugenommen und man hörte auch schon Donnergrollen. Dann war da plötzlich ein Knall zu hören. Daraufhin fing der Hund an zu bellen. Ich wollte nachsehen, was passiert war.«

»Wie hat es sich denn angehört?«

»Als wären zwei Autos zusammengestoßen.«

»Das hat Sie hellhörig gemacht?«

»Ja, mein Wohnwagen steht da unten, da ...« Wälchli zeigte nach unten.

»Verstehe. Und was haben Sie beobachtet?«

»Das habe ich Ihrem Kollegen schon gesagt. Wegen der Dunkelheit, dem Wind und den ersten Regentropfen konnte ich nicht wirklich viel sehen. Bewegung war überall. Aber ich glaubte, jemanden zwischen den äußersten Wohnwagen zu sehen. Das Hundegebell kam von dort.«

»Wie hörte sich das Bellen an?«, fragte Matter.

Wälchli blickte ihn irritiert an.

»Wie ein Bellen eben.«

»Nichts Spezielles?«

»Es hörte sich an, als stünde ein Hund einem anderen gegenüber.«

»Oder einer Katze?«

Wälchli wirkte nun ganz verunsichert.

»Um welche Zeit war das?«, fragte Liechti schnell.

»Um die zehn Uhr musste es gewesen sein.«

»Was geschah dann?«

»Als die Windstärke zunahm, ging ich hinein.«

Liechti sah Matter enttäuscht an. Er hatte sich mehr erhofft. »Vielen Dank. Falls Ihnen noch etwas einfallen sollte, würde ich mich über einen Anruf freuen.« Liechti holte eine Visitenkarte aus seiner Tasche, die Wälchli kurz studierte.

»Mach ich.«

Kurz darauf verließen sie das Gebäude.

Liechti blieb kurz stehen, atmete tief durch.

Matter umrundete den Wagen und wartete, die Hand am Türknauf. Sein Freund sah sich um, ging dann am Wagen vorbei weiter in Richtung der Wohnwagen. Matter schaute sich etwas verloren um und holte seinen Freund dann mit großen Schritten ein.

»Was ...?«

»Wann hat es zu regnen begonnen, am Abend, als Lindenach starb?«, fragte Liechti.

»Ich weiß das nicht mehr so genau, wieso meinst du?«

»Weil unser Rechtsmediziner von einem Todeszeitpunkt kurz vor Mitternacht sprach.«

»Und du zweifelst daran?«

»Der Knall könnte ein Schuss gewesen sein.«

»In dem Fall wäre Lindenach nicht am Ufer getötet worden.«

»Genau.« Sie verließen die Straße und fanden sich kurz darauf zwischen den Wohnwagen wieder. Liechti umrundete den ersten. »Ich kümmere mich um die zur Rechten, übernimm du die anderen.«

Matter tat, wie geheißen. Es dauerte nicht lange, bis er Liechti zu sich rief. Die Wohnwagentür hing etwas schief. Ein Stein fixierte sie. Die Spuren ließen den Schluss zu, dass sich jemand mit einem

Schraubenzieher oder sonst einem Werkzeug daran zu schaffen gemacht hatte.

»Ich glaube, wir haben da etwas.«

Liechti nahm den Stein weg, die Tür blieb zu. Er griff nach dem Knauf und rüttelte an ihr. Sie war verschlossen. Er trat einen Schritt zur Seite und versuchte, durch das Fenster ins Innere zu sehen. Dann zog er noch einmal etwas fester, runzelte die Stirn.

»Lass mich mal.« Matter drängte seinen Freund zur Seite, packte mit beiden Händen zu und zog. Mit einem metallischen Krächzen gab sie unvermittelt nach, was Matter fast das Gleichgewicht kostete.

Liechtis Belustigung konnte und wollte er nicht verstecken.

»Was denn ...?«

»Polizei!«, rief Liechti, bevor er die beiden Stufen hochstieg und eintrat. Matter folgte ihm dicht auf den Fersen.

Der Innenraum war nicht sonderlich groß, aber man sah auf den ersten Blick, dass da vor Kurzem jemand gewesen sein musste. Eine unordentliche Decke auf dem Liegesofa, eine Kaffeetasse auf dem Tisch, Tageszeitungen, ein Teller mit den Resten eines belegten Brotes. Schlüssel und Portemonnaie.

Matter nahm Letzteres an sich und öffnete es. Bargeld. Circa hundertachtzig Franken. Kreditkarten,

Führerschein, Identitätskarte. Er zog sie heraus und gab sie Liechti.

»Wir haben Lindenachs Aufenthaltsort gefunden.« Liechti seufzte, holte sein Mobiltelefon aus der Tasche und verließ den Wohnwagen wieder, während er die Nummer der Spurensicherung wählte.

Matter folgte ihm. Er blickte zu den Gebäuden am Wassermattweg hinüber.

Wälchli war nicht auf seinem Balkon.

Matter drehte sich einmal um die eigene Achse. Bis zum Ort, an dem man Lindenachs Leiche entdeckt hatte, waren es knapp dreihundert Meter. Matter blickte zum Wohnwagen, und plötzlich runzelte er die Stirn, trat noch einmal ein. Sein Blick glitt fieberhaft umher, während Liechti draußen seinen Anruf beendete. Er wäre beinahe mit ihm zusammengestoßen, als er das Haus auf Rädern wieder verließ.

»Hast du ein Handy gesehen?«

Liechti verneinte, stieg selbst noch einmal zu. Aber auch seine Suche blieb ergebnislos. »Vielleicht hatte er gar kein Handy.«

Matter blickte skeptisch. »Wenn er hier umgebracht wurde, hat man ihn die dreihundert Meter nach vorn gebracht. Aber warum sich die Mühe machen?«

»Vielleicht wollte er fliehen? Man schießt ihn hier an, er versucht abzuhauen. Der Mörder folgt ihm, um es zu Ende zu bringen. Lindenach bricht am Uferweg von allein zusammen.«

Matter schauderte. »Falls er tatsächlich um zehn angeschossen wurde, bedeutet das, dass der Täter ihm während zwei Stunden beim Sterben zugesehen hat, während der Sturm alle Indizien fortschwemmte.«

Liechti seufzte. »Vielleicht blieb der Mörder ja gar nicht bei ihm.«

»Du meinst, er ließ ihn entkommen?«

»Das Unwetter, Hans. Und dann würde jemand, der lange im Regen am Ufer steht, doch die Aufmerksamkeit auf sich ziehen. Hier zwischen den Wohnwagen hat man eine dürftige Deckung. Aber am Ufer ...«

Er blickte sich um. »Sie haben die Kugelsplitter zuordnen können.«

»Ist das nicht eine gute Nachricht?«

»Es brauchte eine Weile, weil sie etwas Recherche betreiben mussten.«

»Recherche?«

»Ja, die Kugel gehört zu einer Munitionsserie, die zu Beginn der Achtziger hergestellt worden ist. Sie haben sie auch nur identifizieren können, weil sie bei der Armee registriert wurde.«

»Du willst doch nicht sagen, dass ...«

»Doch. So wie es aussieht, wurde Lindenach mit seiner eigenen Waffe erschossen.«

II

Margret Lindenachs Haare standen auf Sturm. Dunkle Ringe unter den Augen gaben ihrem Gesicht etwas Eulenhaftes, als sie den beiden die Tür öffnete. Sofort nahmen ihre gequälten Gesichtszüge einen freundlicheren Gesichtsausdruck an. Sie trug einen Morgenmantel, der Teile ihres Nachthemdes erahnen ließ. Matter blickte auf seine Uhr. Halb elf.

»Ach schön, dass du vorbeischauen kommst. Hast du Viktor gefunden?«

Sie ließ die Tür offen, die Männer auf der Schwelle stehen und plauderte munter weiter, während sie sich ins Innere des Hauses von ihnen entfernte. Liechti hob die Augenbrauen, Matter die Schultern; beide folgten ihr ins Wohnzimmer.

»Nun ja, Viktor habe ich leider ...«

»Ach, da bist du ja!« Sie sah zur Tür hinüber, wo eine schwarze Katze erschienen war. Sie hatte helle Flecken auf den Pfoten. Viktor genoss sichtlich sei-

nen Auftritt, setzte sich hin und begann, die Vorder-
pfote zu putzen.

»Schön, hast du ihn mir wiedergebracht.«

Lindenach strahlte. Dann trübte sich ihr Gesicht
aber wieder. »Wo hast du denn schon wieder dein
Halsband gelassen?«, fragte sie das Tier.

Liechti räusperte sich. Die alte Dame zuckte
zusammen und widmete sich wieder ihren
Besuchern. »Ach herrje ... wie unhöflich von mir ...
möchten Sie etwas trinken?«

»Vielen Dank, aber nein.« Liechti warf Matter
einen warnenden Blick zu. »Frau Lindenach, besaß
Ihr Ehemann eine Dienstwaffe?«

Die Frau überlegte kurz. »Ja, die ist oben. In seinem Zimmer. Warum?«

Viktor hatte seine Toilette beendet und fixierte
Matter nun mit seinen gelben Augen.

»Sie befindet sich hier im Haus?«

»Aber natürlich, junger Mann. Ich habe sein Zimmer so gelassen, wie er es ...« Sie verstummte.

»Sie haben all die Zeit nichts daran geändert?«,
fragte Liechti.

Sie schüttelte den Kopf. »Er hätte es nicht
gemocht, wäre er ...«

»... zurückgekommen?«

Sie nickte.

»Sie hatten all die Jahre Angst vor seiner Reaktion, würde er zurückkommen?«

Sie blickte ihn verständnislos an. »Ich wusste, dass er zurückkehren würde.«

»Und was gab Ihnen diese Sicherheit?«

Sie antwortete nicht. Viktor setzte sich in Bewegung und sprang auf Matters Schoss.

»Wo hat er bloß wieder sein Halsband verloren?«, fragte sie und sah sich dabei um.

Matter kraulte die Katze hinter den Ohren. Sie entspannte sich unter seiner Hand. Ein leises Schnurren, mehr eine Vibration als ein Ton.

»Wann waren Sie zum letzten Mal in seinem Zimmer?«, wollte Liechti wissen.

»Vor drei, vier Tagen vielleicht. Ist das wichtig?«

»Dürfen wir das Zimmer sehen?«

»Was sollen eigentlich diese Fragen?«

»Frau Lindenach, wir haben die Vermutung, dass Ihr Mann mit seiner eigenen Waffe erschossen wurde.«

»Das kann nicht sein.« Sie war bleich geworden. »Die Waffe ist oben, da bin ich mir sicher.«

»Aua!« Matters Hand schnellte nach oben. Viktor verschwand mit zwei schnellen Sätzen aus dem Wohnzimmer.

»Nimm es ihm nicht übel. Er weiß, was er will. Und ab und an beißt er.«

»Dürfen wir?«, fragte Liechti.

»Was denn?«

»In seinem Zimmer nachsehen.«

»Ach ja, die Waffe. Natürlich. Gehen Sie die Treppe hoch und dann das zweite Zimmer rechts.«

Liechti stand auf und verschwand im Flur. Matter hörte ihn die Treppe hochgehen.

»Ich bin verwirrt«, fuhr Lindenach fort.

»Das kann ich mir vorstellen.«

»Manchmal habe ich das Gefühl, er wäre im Haus.«

»Wie meinst du das?«

»Nun, ich sehe ihn nie. Aber dann bemerke ich plötzlich eine Tasse Kaffee in der Küche. Oder muss einen Wasserhahn zudrehen. Manchmal verschwinden Sachen in der Küche.«

»Hast du das einmal gemeldet?«

Sie sah ihn belustigt an. »Die haben mich auch wegen Viktor nicht ernst genommen. Warum sollten sie es wegen einer Tasse Kaffee tun?«

»Hast du mit jemandem darüber gesprochen?«

Sie schüttelte den Kopf.

»Nicht mit Karin oder Markus?«

Sie schüttelte erneut den Kopf. »Ich will ihn nicht wütend machen.«

»Wütend?«

»Markus ist sehr empfindlich, wenn es um seinen Vater geht. Er hat das von ihm geerbt, diesen aufbrausenden Charakter.«

»Hattest du Angst, dass er zurückkommt?«

Ihr Blick suchte das Kreuz an der Wand gegenüber. Sie seufzte. »Das Schöne kann nur durch dessen Gegenteil existieren. Aber wenn man liebt, nimmt man alles, nicht nur ein Teil davon. Wir waren glücklich.«

Matter hatte da plötzlich seine Zweifel. Er wagte sich weiter vor. »War er je gewalttätig?«

»Nie mit den Kindern. Er war ein wundervoller Vater, weißt du. Ist mir auch zur Hand gegangen, im Garten, in der Küche.« Ihre Augen wirkten verträumt. »Wenn er dazumal am Wochenende in seiner Uniform heimkam, setzte er sich meist dorthin, wo du jetzt bist, ein Kind zu jeder Seite. Und dann stellte er sich ihren Fragen und lachte und erzählte Geschichten. Und ich machte mich dann ganz klein, um diese Momente nicht zu unterbrechen. Jedes Mal, wenn ich daran denke, geht mein Herz auf.«

Matter hörte einen Schlüssel in der Haustür, dann schwere Schritte im Flur. Markus Lindenach blickte ins Wohnzimmer.

»Was machen Sie hier?«, fragte er Matter. Dass er ihn hier vorfand, passte ihm überhaupt nicht.

»Sie haben Viktor wiedergefunden«, beschwichtigte ihn seine Mutter. Er sah von Matter zu ihr und für einen Augenblick erhielt sein Blick etwas Warmherziges, das Matter berührte.

»Natürlich haben sie das, Mutter.« Seine Körperhaltung entspannte sich. Er fuhr sich mit der einen Hand über das Gesicht. »Wollen Sie etwas trinken?«, fragte er Matter.

»Wieso nicht?«

»Tee?«

»Wäre schön, danke.«

Lindenach junior nickte und verschwand in die Richtung, in der Matter die Küche vermutete.

»Ein guter Junge. Er kommt jeden Tag, um nach mir zu sehen.«

Im oberen Stockwerk wurde eine Tür geschlossen. Markus Lindenach kam wie ein Pfeil aus der Küche geschossen. Aber Liechti war schneller und stand schon auf der Treppe.

»Was machen Sie da oben?«, schnauzte der Sohn ihn an.

»Hallo, Herr Lindenach. Wir ermitteln.«

»Was gibt es da oben zu ermitteln?«

»Nun, Ihre Mutter war so freundlich, mich einen Blick in das Zimmer Ihres Vaters werfen zu lassen.«

»Warum?«

»Deswegen.« Liechti hielt ihm eine durchsichtige Plastiktüte vor die Augen, in der eine Pistole zu sehen war.

»Was soll damit sein?«

»Das werden wir herausfinden.« Liechti nahm die letzten Stufen bis in den Flur. Lindenach bewegte sich nicht. Einen Augenblick sah es für Matter so aus, als wolle er ihm den Durchgang verwehren. Dann trat er zur Seite.

»Danke.«

Liechti ging ins Wohnzimmer, Lindenach junior blieb im Türrahmen stehen. Der Raum kam Matter plötzlich sehr klein vor. »Ich möchte die Waffe mitnehmen und den Kollegen vom Labor geben, wenn das in Ordnung ist.«

»Wie Sie meinen«, sagte Frau Lindenach. »Er wird sie wohl kaum mehr brauchen.«

Liechti drehte sich zum Sohn um. »Wo waren Sie in der Nacht des Mordes mit Ihrem Hund spazieren?«

»Ich verstehe nicht ...?«

»Sie haben uns gesagt, Sie wären den ganzen Abend zu Hause gewesen, haben aber dann zugegeben, sich um den Hund gekümmert zu haben.«

Er sah von Liechti zu Matter.

»Gehen Sie ab und an auch entlang der Sense spazieren?«

»Das kommt vor, ja.«

»Und in der Nacht des Mordes?«

Er sah zu seiner Mutter hinüber, die den Kopf senkte. »Ich war am Ufer, ja.«

»Um welche Zeit war das?«

»Um neun, vielleicht halb zehn, vielleicht zehn Uhr.«

»Sie wissen es nicht mehr genau?«

Er schüttelte den Kopf. »Nein.«

»Haben Sie beim Spaziergang etwas Ungewöhnliches bemerkt?«

»Nicht dass ich wüsste.«

»Versuchen Sie, sich zu erinnern.«

»Es war schon dunkel, wegen den Wolken. Ich erinnere mich an fernes Donnergrollen. Die Luft war geladen. Wind war aufgekommen. Ich beeilte mich, wollte ich doch nicht nass werden.«

»Und, sind Sie nass geworden?«

Er nickte.

»Sind Sie jemandem auf dem Flussweg begegnet?«

»Ich ... nein, glaube nicht.«

»Sie glauben nicht?«

Liechtis Augenbrauen gingen in die Höhe.

»Ich bin mir sicher.«

»In welche Richtung gingen Sie?«

»Ich machte den Rundgang und kam auf dem Uferweg zurück.«

»Also kamen Sie von Flamatt her.«

Er nickte.

»Sie sind also am Wohnwagenparkplatz vorbeigekommen.«

»Wird wohl so gewesen sein.«

»Und Sie haben nichts Außergewöhnliches bemerkt?«

Man sah Lindenach an, dass er langsam die Geduld verlor. Dementsprechend harsch fiel der Ton seiner Antwort aus.

»Nein, habe ich nicht.«

Liechti nickte.

»Vielen Dank für Ihre Zeit«, wandte er sich an die Mutter. Matter war froh aufzustehen und noch froher, als die Tür sich hinter ihnen schloss.

12

»Er hatte nicht wirklich Freude, uns bei seiner Mutter anzutreffen.« Matter atmete mehrmals tief ein
und aus, während sie zum Wagen gingen.

»Da gibt es Dinge, die er verschweigt, ganz klar.
Aber wenigstens wissen wir jetzt, dass Markus
Lindenach zu der Zeit, als Wälchli den Knall hörte,
mit seinem Hund, der keine veganen Kekse mag,
ganz in der Nähe gewesen sein muss. Die Uhrzeit
stimmt überein. Nur hat Lindenach keinen Knall
gehört. Das stimmt mich nachdenklich, denn er hat
Zugang zum Zimmer seines Vaters und der Waffe.
Da seine Mutter nur alle drei, vier Tage mal nach-
sieht, hätte er sie durchaus entwenden und wieder
hinlegen können, ohne dass sie es bemerkt. Aber
wieso hätte er seinen Vater umbringen sollen?«

»Da habe ich vielleicht den Ansatz einer Erklärung. Margret Lindenach machte Anspielungen auf
den ›aufbrausenden Charakter‹ des Toten. Und auf
die Frage, ob ihr Mann je gewalttätig gewesen war,

gab sie zur Antwort, er habe sich immer gut um die Kinder gekümmert.«

Liechti pfiff durch die Zähne. »Ich habe schon Menschen für weniger als häusliche Gewalt morden sehen.«

»Wir wissen es nicht, Peter. Das ist eine schwere Anschuldigung, für die wir nur die Worte einer trauernden und leicht verwirrten Frau haben.«

»Du hast recht. Bringen wir die Waffe ins Labor. Mit ein bisschen Glück wissen wir nachher mehr darüber.«

Liechti entriegelte den Wagen, sah noch einmal zum Haus zurück. Im unteren Geschoss bewegte sich ein Vorhang.

Auf dem Weg nach Bern sprach die Sprecherin im Radio für sie beide. Am Empfang wartete eine geballte Packung Frauenpower auf sie. Tinas Wangen waren gerötet.

»Wir haben Neues«, platzte es aus ihr heraus.

»Na, dann schieß los.«

»Also ... der verstorbene Lindenach hat sieben Tage vor seinem Tod seine Kreditkarte zum letzten Mal benutzt. Die Transaktion wurde an einem Bankschalter in der Nähe des Zürcher Hauptbahnhofs registriert. Er hat fünfhundert Franken abgehoben.«

»Fünfhundert Franken?«

Tina nickte.

»Da waren aber weit weniger drin, als wir seine Brieftasche gefunden haben«, warf Matter ein.

»Wir haben die Überwachungskameras auswerten lassen und ihn auf den Bildern eindeutig identifiziert.«

»Eine ganz schöne Summe«, sagte Liechti perplex.

»Das dachten wir auch, deshalb gingen wir einen Schritt weiter, blieben aber erfolglos. Er hat seine Karte im ganzen letzten Jahr nur einmal auf Schweizer Boden genutzt.«

»Was wiederum darauf hindeutet, dass er im Ausland lebte.«

Tina nickte. »Aber es gab noch andere Überweisungen. Monatliche. Jeweils von einem Schweizer Bankkonto auf seins und von seinem ins Ausland.«

»Eine deutsche IBAN«, fügte Steiner hinzu.

»Geldwäsche?« Liechti runzelte die Stirn.

»Das kann sein. Wir wissen es nicht«, gab die Sekretärin zur Antwort. »Wir haben das wenige, das wir ausfindig gemacht haben, Wildhaber weitergegeben.«

»Gute Arbeit.« Liechti setzte sich in Bewegung.

»So schnell haben wir aber trotzdem nicht aufgegeben.«

Liechti drehte sich zu den Frauen um.

»Und wir haben versucht, weitere Bilder von ihm zu finden«, sagte Steiner. »Im Bahnhof oder der nahen Umgebung. Augenscheinlich liebt er Thonbrötchen und Kaffee. Er war auch kurz in einer Poststelle, hat sich dann ...«

»Was hat er dort gewollt?«

»Er gab einen Brief auf«, sagte Tina.

»Aha.« Liechti war ein bisschen überfordert. »Können wir herausfinden, an wen der ging?«

»Leider nicht.«

»Das müsste doch möglich sein.«

»Müsste. Tut es aber nicht«, wusste Susanne Steiner. »Wir können jedoch mit Sicherheit sagen, dass er ein Zugticket nach Bern kaufte und mit diesem Zürich verließ.«

»Gute Arbeit, ihr beiden.«

Die beiden Frauen sahen sich an und grinsten. Matter kannte seine Tochter. »Da ist doch noch etwas, oder nicht?«

»Auf einem der Bilder telefoniert Lindenach mit einem Handy.«

»Er hatte ein Handy?« Matter sah Liechti triumphierend an. Tina nickte eifrig. »Wir haben das Glück, dass wir in der Schweiz nur drei Handyanbieternetze haben.«

»Ich verstehe nicht ganz …«

»Wir haben die drei gegeneinander ausgespielt«, vollendete Steiner.

Matter lachte auf. »Was habt ihr?«

»Wir haben ihnen gesagt, es sei ein Test, und dass sie es nicht schaffen würden, jemanden mitten im Zürcher Hauptbahnhof identifizieren zu können.«

»Ihr habt Lindenach als Lockvogel verkauft?«

»Genau.« Steiner zwinkerte Tina zu.

»Das …«, setzte Liechti an.

»… muss niemand wissen«, unterbrach sie ihn lachend. »Keine Angst, wir gaben uns als Journalisten einer Konsumentenzeitschrift aus.«

Matter war plötzlich unheimlich stolz auf seine Tochter. »Und was kam dabei heraus?«

»Wir haben die Nummer.«

»Und mit der Nummer riefen wir als Polizeibehörde beim Anbieter an und ließen uns die Verbindungen schicken.«

Tina beugte sich über den Empfangstisch und brachte eine ausgedruckte Liste zum Vorschein.

»Willst du die gute oder die schlechte Nachricht zuerst?«

Liechti warf Matter einen Blick zu.

»Die gute zuerst.«

»Die gute Nachricht ist, dass wir wissen, mit wem er im Bahnhof gesprochen hat.«

Liechti griff nach dem Blatt Papier. »Und die schlechte?«

»Er hat das Handy ab diesem Zeitpunkt nicht mehr benutzt. Das Gerät ist ausgeschaltet.«

Liechti überflog die wenigen Angaben.

»Ein Prepaid. Wem gehört die angerufene Nummer?«

Tina strahlte, als sie Steiner ansah.

»Man sollte nicht alles glauben, was erzählt wird.«

»Lass mich raten ...«, begann Liechti.

»Sie gehört Markus Lindenach«, löste Steiner das Rätsel auf.

»Dem Markus Lindenach?« Matter betonte das erste Wort.

Tina nickte triumphierend. »Genau dem. Wohnhaft in Neuenegg.«

»Er hat uns also belogen, als er behauptete, er habe keinen Kontakt mit seinem Vater gehabt«, stellte Matter fest. Liechti seufzte.

»Kannst du das zur Susi bringen?«, fragte er Tina und hielt ihr die Waffe in der Plastiktüte hin.

»Die Mordwaffe?«, fragte Tina.

»Wollen wir's hoffen.«

13

Hans Matter saß im Tea-Room. Der Tag hatte sein Tribut an Emotionen gefordert und er brauchte eine kleine Auszeit. Das Verhalten von Margret Lindenach ließ ihn nicht los. Sie hatte so gebrechlich und verwirrt gewirkt, am Morgen.

Von ihr glitten seine Gedanken zu ihrem Sohn, der Aufbrausende. Es hatte ihm nicht in den Kram gepasst, dass Liechti im Zimmer seines Vaters gewesen war. Was hatte er versucht zu schützen? Er wachte definitiv über seine Mutter, das spürte man. Was machte er eigentlich beruflich? Matter holte sein Handy hervor und googelte und dann staunte er nicht schlecht.

Rechtsanwalt.

Das passte nicht wirklich. Markus Lindenach war an seiner Privatadresse gemeldet. Eine Internetseite gab es nicht. Er war noch dabei, dieser neuen Erkenntnis ein Platz im Gesamtbild zu geben, als jemand neben ihn trat.

»Mario hat gesagt, Sie arbeiten an der Aufklärung der Lindenach-Sache.«

Matter blickte in die dunklen Augen einer älteren Frau. Sie hatte schwarze Strähnen im weißen Haar und war erstaunlich braun für die Jahreszeit. Sein Blick glitt zu ihren Händen. Sie musste einen Garten haben.

»Mario?«, sagte er und sah zur Theke hinüber. Er musste wirklich mal mit ihm reden.

»Ist das wahr?« Etwas in ihrer Stimme ließ Matter aufhorchen.

»Nämet doch Platz, Frou ...?«

»Chräiebüehl. Vreni Chräiebüehl.«

Er sah, wie sie sich den Stuhl zurechtrückte, um sich dann vorsichtig hinzusetzen. Ihr Gehstock stellte sie seufzend gegen den Tisch.

»Die Hüfte?«, fragte er wohlwollend. Sie nickte.

»Diese ewigen Wetterwechsel.«

»Möchten Sie etwas trinken?«, fragte Matter.

Sie schüttelte den Kopf. »Keine Zeit. Das Komische an Zeit ist ja, dass man mit dem Alter immer weniger davon hat. Ich erinnere mich noch daran, wie ich sagte, wenn ich einmal pensioniert bin, dann reise ich und mache das und das. Womit ich nicht rechnete, war, dass der Alltag immer mehr Zeit in Anspruch nimmt, weil man langsamer wird.

Wenn ich eines nun weiß, dann die Tatsache, dass man die Dinge dann tun sollte, wenn sie im Leben erscheinen. Es gibt immer einen Grund dafür, dass ein Gefühl, ein Wunsch oder eine Möglichkeit zu einem bestimmten Moment in dein Bewusstsein tritt. Nur sind wir allzu oft überheblich genug, nicht danach zu suchen, zu faul, um es zu hinterfragen und zu dumm, um es als Geschenk annehmen zu können.«

Matter lehnte sich zurück und tat das, was er gut konnte. Er beobachtete. Er sah ihre dunklen Augen, die immer wieder vom Himmel draußen angezogen wurden, die Falten darum, die auf ein fröhliches Leben hindeuteten. Oder auf viel Sonnenschein.

»Und da begreife ich, dass Lindenach dazumal verschwand.«

Matter fühlte sich vollständig überrumpelt.

»Sie wissen ja sicherlich, dass er sich hatte frühzeitig pensionieren lassen. Das war kurz, bevor er verschwand. Niemand wusste, woher er das Geld dazu hatte.«

Sie schwieg, während sie einem Auto hinterhersah.

»Nein, das wusste ich nicht.«

Sie sah ihn gutmütig an. »Das dachte ich mir. Aber vielleicht sollte ich von vorne beginnen. Ich ging mit Urs zur Schule. Zumindest die ersten sechs Jahre. Aber wir wohnten beide seit Geburt hier und das änderte sich auch nicht nachher. Bis er verschwand.«

Matter wagte es nicht, sich zu bewegen.

»Er war eine starke Persönlichkeit. Kräftig. Ein Sommerkind. Mit blonden Haaren und blauen Augen. Ein Wildfang. Hatte stets Probleme mit Lehrern und seinen Eltern. Bis sie ihn zur Armee schickten.«

Matter sah einen Jungen vor sich, der in kurzen Hosen mit schmutzigem Gesicht am Fluss Steine sammelte. Die Vision gefiel ihm.

»Warum ist er gegangen?«

»Das wüssten wir alle gern. Niemand hat das begriffen. Und dann die Suche. Überall hingen diese Suchzettel. Es war schlimm.«

»Wie war er nach der Schule?«

»Begehrenswert. Zu seiner körperlichen Kraft kam diese mentale, die er sich durch viel Disziplin aneignen musste. Muss nicht leicht für ihn gewesen sein. Er liebte die Freiheit.«

»Dann lernte er Margret kennen.«

»Das hat auch niemand begriffen. Sie war so ganz sein Gegenteil. Verschlossen, in sich gekehrt, einfallslos bis in die Wahl der Kleider. Manche sagten, sie wäre altmodisch. Sie mochte keine Menschengruppen. Und er, der Gesellige, der überall Bekannte ...« Sie sprach nicht zu Ende. Matter hatte auch so begriffen. Und das war nicht nur dazumal so. Wie viele da draußen steckten ihre Wünsche und Träume für eine Beziehung zurück? Wie viele verneinten ihre eigenen Bedürfnisse, opferten sich quasi auf?

»Er hat seine Lebensart geändert, um seine Ehe zu retten?«

Sie schwieg kurz, als wäre es schwierig für sie, sich den damit verbundenen Gefühlen zu stellen.

»Wir sahen ihn immer weniger. Dann kamen die Kinder. Und er blieb bei der Armee. Es gab Wochen, da sah man ihn nicht im Dorf.«

»Das war schmerzhaft für Sie?«

Frau Krähenbühl sah ihn mit sanften Augen an. Es lag etwas in ihnen, das Matter sehr berührte.

»Sie wären gern an seiner Seite gewesen?«

Kränkung. Sie war gekränkt.

»Wie sehr wahrscheinlich etliche andere Mädchen auch. Er machte sich andere Freunde, die ebenfalls der Armee angehörten. Sie feierten unter sich.«

»Sie verloren den Kontakt.«

»Wir verstanden es nicht. Wir waren es gewohnt zusammenzuhalten.«

Matter wusste, was sie meinte. Und sie sprach nicht für sich allein.

»Sie meinen, es wäre möglich, dass ...?«

»Dass das nicht gut ausgehen würde, fühlten wir alle. Irgendwo.«

»Aber dann verschwand er plötzlich.«

Sie nickte.

»Von heute auf morgen. Und mit ihm so ziemlich alle seine neuen Freunde. Die Gruppe löste sich auf.«

Sie saßen sich schweigend gegenüber. Das Leben um sie ging weiter, emsig, pulsierend. Das Schweigen stand still, für einen Moment oder zwei.

»Warum sind Sie zu mir gekommen?«, fragte Matter sanft.

»Als ich von seinem Tod gehört habe, wusste ich, dass ich Sie treffen musste. Er war ein guter Mensch, auch wenn ihn Geld und falsche Freunde vom guten Weg abkommen ließen.«

»Vom guten Weg? Nicht vom richtigen?«

Sie lächelte matt. »Jeder muss nur für seine eigenen Entscheidungen einstehen und es hat wenig Zweck im Nachhinein darüber zu diskutieren, welche denn die beste gewesen wäre. Ich bin der Überzeugung, dass jeder im Moment stets das tut, was er kann.«

»Es war gut, dass er ging?«

»Es war der einzige Weg.«

»Wofür?«

»Um seine Familie zu schützen.«

»Wovor denn?«

»Vor ihm selbst.«

14

Peter Liechti runzelte die Stirn, als Matter ihm von der Begegnung erzählte.

»Sie hat das wirklich so gesagt?«

»Ganz genau so.«

Der Kommissar drehte sich in seinem Sessel und blickte auf den Waisenhausplatz hinaus.

»Lass uns das Szenario mal durchgehen. Der Herr Lindenach hat sich also mit seinen Armeefreunden immer mehr von den anderen Bewohnern entfernt. Die fühlten sich gekränkt, was ihm in einer Form egal sein konnte. Er hatte einen sicheren Job, eine Familie, einflussreiche Freunde und den Respekt, den man dazumal Führungspersonen aus der Armee entgegenbrachte. Könnte Neid aufgekommen sein? Kurz vor seinem Verschwinden lässt er sich überraschend frühzeitig pensionieren und verschwindet dann. Hat er sich mit einem dieser neuen Freunde angelegt?«

»Wir sollten uns mal die ...«

Es klopfte an der Tür. Wildhaber steckte den Kopf herein. »Haben Sie kurz Zeit, Chef?«

Liechti deutete wortlos auf den freien Stuhl vor seinem Schreibtisch. Wildhaber trat ein, machte umständlich mit einer Hand die Tür zu, während er den offenen Laptop mit der anderen Hand im Gleichgewicht hielt.

»Ich habe mich mal mit den Kollegen in Deutschland ausgetauscht«, sagte er und setzte sich. »Mit der IBAN war es ein Leichtes, seinen Aufenthaltsort zu ermitteln. Er war da aber nicht gemeldet und auch sonst nicht in polizeilicher Hinsicht aufgefallen.«

»Was hat das mit den Überweisungen auf sich?«

»Die Mädchen hatten recht. Jeden Monat wurde eine Summe auf sein Postkonto überwiesen. Von da aus ging das Geld nach Deutschland. Aber die Beträge sind zu klein, um von Geldwäsche auszugehen. Ich tippe eher auf persönliche Auslagen.«

»Von wo erhielt er das Geld?«

»Jetzt wird's interessant. Das Geld kommt von einer Regionalbank. Ein Konto, das derzeit wegen eines Todesfalls blockiert ist.«

»Margret Lindenach.«

Wildhaber nickte. »Die Überweisungen laufen schon Jahre so.«

»Könnte Urs Lindenach das Lastschriftenverfahren selbst in die Wege geleitet haben?«

»Das wäre durchaus möglich. Zu dem Konto haben lediglich zwei Personen Zugang.«

»Margret Lindenach wusste also, dass er noch lebte.«

»Knapp daneben.«

Liechti runzelte die Stirn.

»Das Bankkonto wird seit mehreren Jahren von Markus Lindenach geführt.«

»Sie hat keinen Zugriff auf ihr eigenes Konto?«

»Definitiv nein.«

»Aber warum? Und wusste der Tote davon?« Liechti dachte nach. »Also noch einmal von vorn. Markus Lindenach wusste, dass sein Vater zurückkam, weil der ihn anrief. Er hatte Zugang zu einer Waffe.«

»Und er hatte ein Motiv«, bestätigte Matter. Beide sahen ihn an, der eine amüsiert, der andere nachdenklich.

»Seht mich nicht so an. Wenn er Margret wirklich misshandelt hat ...«

»Ist das genug, um seinen eigenen Vater zu töten?«, stellte Wildhaber die Frage in den Raum.

»Ich weiß nicht ...«, gab Matter kleinlaut zu.

»Könnte er das Geld ...?« Liechti sah Wildhaber an.

»Nun ja, wir reden über eine halbe Million Schweizer Franken. Nach Lindenachs Tod würde Markus alleine das Konto verwalten.«

Liechti pfiff durch die Zähne. »Nach all den Jahren bleibt immer noch eine solche Summe übrig?«

Wildhaber nickte.

»Wir müssen herausfinden, weshalb der Sohn die Vormundschaft für Margret übernahm.«

»Ich häng mich da rein«, sagte Wildhaber.

Das Klopfen an der Tür war dieses Mal eher zögerlich. Als wäre sich Andreoli nicht ganz sicher, ob er stören durfte.

»Komm rein, Rolf.«

Als der Polizist eintrat, hielt er eine dünne Akte in der einen Hand, konzentrierte sich aber auf den offenen Becher Kaffee in der anderen. Die Kollegen wussten um seine Ungeschicklichkeit. Vorsichtig stellte er ihn auf Liechtis Tisch, hielt dann die Unterlagen in die Höhe.

»Wir haben den Rapport der Ballistik. Die Waffe, die du in Lindenachs Haus mitgenommen hast, ist die Tatwaffe. Sie wurde zwar gesäubert und Fingerabdrücke fanden die Kollegen auch keine, aber sie konnten eindeutig beweisen, dass die Waffe kürzlich benutzt worden ist. Ein Abgleich mit den Bleisplittern in Lindenachs Körper bestätigen die Theorie des Teilmantelgeschosses. Bei dieser Art von Geschossen ist die Spitze nicht von Mantelmaterial umschlossen. Beim Aufschlag wird das Blei verformt. Je nach Geschwindigkeit und Aufbau entsteht eine pilzförmige Form oder es zerlegt sich in Einzelteile.«

»Wie die, die sie in Lindenachs Körper gefunden haben?«

»Genau wie die.«

»Hat der Mörder diese Munition absichtlich gewählt?«

»Das ist eine gute Frage. Viele Staaten benutzen diese Art zur Terrorismusbekämpfung. Die Technik vermindert das Risiko von Durchschüssen, also Querschlägern, die Unbeteiligte gefährden könnten. In diesem Fall aber denke ich, dass der Mörder nicht wusste, mit was er schoss. Er hat sehr wahrscheinlich einfach das benutzt, was er finden konnte.«

Andreoli legte die Akte auf den Schreibtisch und nahm den Becher Kaffee an sich. Er machte einen Schritt zurück, merkte zu spät, dass er so Wildhaber zu nahe kam und versuchte auszuweichen. Das kostete ihn beinahe das Gleichgewicht. Der Kaffee in seinem Becher schwappte über. Andreoli blieb in einer eigentümlichen Körperhaltung stehen, die Arme weit von sich gestreckt, den Becher in beiden Händen. Als wollte er beim Volleyball ein Anspiel parieren.

»Glück gehabt«, kommentierte Wildhaber, der seinen Laptop über seinem Kopf in Sicherheit gebracht hatte. Er grinste, als er die dunklen Flecken auf seines Kollegen Hemd sah. »Kaffee eins, Rolf null.«

Liechti winkte ab. »Mittlerweile zählen wir schon gar nicht mehr. Der Kaffee hier ist stark. Bei Rolf ist er immer stärker.« Er nahm eine Packung Taschentücher aus seinem Schreibtisch, zupfte gleich mehrere hervor, die er dem Angesprochenen hinstreckte. Andreoli nahm sie dankend entgegen.

»Wir haben also die Tatwaffe. Wer hatte die Möglichkeit, sie zu entwenden?«

»Markus Lindenach«, sagte Matter.

»Alles deutet auf ihn.«

»Wir dürfen die Schwester nicht vergessen.«

Wildhaber klappte seinen PC zu. »Sie hat Übung darin, wie man eine solche Waffe benutzt ...«

»... und reinigt.« Liechti nickte bedächtig. »Aber welches Motiv könnte sie haben?«

»Könnte jemand außerhalb der Familie der Täter sein?«, fragte Matter.

»Du meinst jemand, der die Waffe aus dem Haus Lindenach entwendete?« Wildhaber hob die Augenbrauen. »Unwahrscheinlich aber möglich.«

»Gibt es für einen Außenstehenden nicht einfachere Methoden, Urs Lindenach aus dem Weg zu räumen?«

»Es kommt immer darauf an, wem du das Ganze anhängen willst.«

»Ein bisschen weit hergeholt, Tobias. Der Täter müsste wissen, wo sich die Waffe befindet, sich ins Haus schleichen, sie dann gereinigt wieder zurückbringen. Ich bin mit Hans einig. Das Risiko wäre sehr hoch. Ich glaube, es ist an der Zeit, Markus Lindenach einen weiteren Besuch abzustatten. Wir machen das gleich morgen früh. Vielleicht wissen wir bis dahin auch den Grund, warum seine Mutter unter seiner Vormundschaft steht.«

15

Der Anruf erreichte Matter am frühen Morgen. Ursula Bredlach klang nervös und ein wenig überfordert, als sie ihn aufforderte, bei ihrer Freundin Monika Wanner vorbeizusehen.

»Was ist denn passiert?«, fragte er, während er bereits seinen Mantel anzog.

»Ich sage es dir, wenn du hier bist.«

Was Matter nur noch mehr verunsicherte, als er sich schnellen Schrittes aufmachte. Bei der Ankunft war er nicht nur außer Atem, sondern auch schon auf die schlimmsten Szenarien vorbereitet. Nur nicht auf das, was sich ihm präsentierte. Als er ins Wohnzimmer trat, saß Bredlach vor einem Tischchen mit Kaffee und Keksen.

»Schön, dass du kommen konntest. Möchtest du einen Kaffee?«, fragte Wanner.

»Er trinkt Tee. Earl Grey, wenn du hast«, sagte Bredlach.

Wanner ließ ihren Blick zwischen ihr und Matter hin und her gleiten. Ihre Augen schmunzelten. Sie sagte aber nichts dazu, stand auf und verließ den Raum.

Matter setzte sich. Die Einrichtung war in beigen Tönen gehalten. Hohe palmenartige Pflanzen. Kleine Engel sahen ihn von überallher an. An der Wand hing eine große Reproduktion des Baums des Lebens in Gold. Auf dem Couchtisch stand eine brennende Kerze.

»Bergamotte?«, fragte er Bredlach.

Die war sichtlich überrascht. »Und ein wenig Zitrone. Entspannend und aufmunternd.«

»So schlimm?«

Sie runzelte die Stirn, wurde aber von Wanner abgehalten, darauf zu antworten. Sie stellte eine Tasse heißes Wasser vor ihm ab. Über das Glas hatte sie einen Unterteller gelegt, auf dem ein Teebeutel, ein Briefchen Zucker und ein Löffel lagen.

Matters Blick wurde von einem Fotorahmen angezogen, der auf dem Beistelltisch stand.

»Mein aufrichtiges Beileid«, sagte er. »Sind das ...?«

Sie nickte und nahm den Rahmen an sich. Einen Augenblick strich sie sanft mit zwei Fingern darüber, dann reichte sie ihn Matter. Er warf einen Blick darauf. Die Mutter musste zum Zeitpunkt der

Aufnahme in ihren späten Vierzigern sein. Ihr Vater erinnerte ihn an Marcel Proust. Nicht zuletzt auch wegen des Oberlippenbartes. Vorsichtig stellte er den Rahmen zurück und widmete sich dem Tee, während sie sich setzte.

»Möchtest du noch etwas Milch?«, fragte Bredlach. Matter wurde unbehaglich und er schüttelte den Kopf.

»Ich habe Kaffeerahm«, sagte Wanner und schickte sich an, wieder aufzustehen.

Matter winkte ab, gab Zucker und Beutel zum heißen Wasser. »Alles gut.« Er rührte kurz um.

»Also, was kann ich tun?«

Die beiden Frauen wechselten einen Blick und plötzlich war da Stille im Raum.

»Monika hat heute einen Brief erhalten«, begann Bredlach leise, »und der könnte ...«

Sie verstummte.

»Ich habe meinen Vater nie gekannt. Meine Mutter erzählte immer die Geschichte von diesem guten Mann, der verstarb, als ich noch ein Baby war. Und sie hat sie mir so oft erzählt, dass ich sie letztendlich auch glaubte. Aber wieso sollte ich meiner Mutter nicht vertrauen?«

Sie machte eine Pause.

»Bis zu diesem Brief.« Sie stand auf, durchquerte das Zimmer und kam mit einem Blatt Papier zurück, dass sie Matter hinstreckte.

»Wann ist der gekommen?«

»Heute Morgen.«

Er überflog die handgeschriebene Nachricht. Sie war an Monika direkt adressiert und wurde durch eine kaum leserliche Unterschrift beendet. Matter wusste bereits nach den ersten Zeilen, dass der Brief nur von Urs Lindenach stammen konnte.

In ihm entschuldigte sich der Tote für diese späte Nachricht, verriet Monika, dass er ihr wirklicher Vater war und sie nach dem Tod ihrer Mutter treffen wollte. Er sah auf.

»Jetzt bin ich mehr als verwirrt.« Wanner hatte ihre Hände in den Schoss gelegt.

»Du wusstest nichts davon?«

Sie schüttelte betreten den Kopf.

Matter gab ihr den Brief zurück und lehnte sich zurück. Für einen flüchtigen Augenblick blitzte etwas in ihren Augen auf, das er als ablehnend einstufte. Verständlich. Die neue Information musste er erst einmal einordnen. Monika Wanner war die uneheliche Tochter von Urs Lindenach? Aber wieso sollte Lindenach lügen? In dem Fall kam er zurück, weil Wanners Mutter verstorben war. So musste es gewesen sein. Sein Brief, obschon kurz gehalten, ließ die Vermutung von Reue zu. Er schien sich bewusst gewesen zu sein, was er getan hatte und suchte die Begegnung. Wem hatte er sonst noch Unrecht getan?

»Und du hattest nicht die leiseste Ahnung, dass er dein Vater hätte sein können? Deine Mutter hat dir keine Informationen hinterlassen?«

Abermals schüttelte sie den Kopf.

»Und in ihrem Testament? Ich weiß nicht ... bist du ihre einzige Tochter?«

»Ich bin Einzelkind. Um das Testament kümmert sich mein Anwalt Lindenach.«

»Lindenach? Markus Lindenach?«

Sie nickte. »Du wirkst irritiert, Hans.«

»Das bin ich auch. Markus Lindenach ist der Sohn von Urs Lindenach, der dir in diesem Brief seine Vaterschaft beichtet.«

Ihre Augen weiteten sich. »Das habe ich nicht gewusst. Ich ...« Sie war mit der Information komplett überfordert. Ihre Unterlippe bebte leicht. Ihr Gesicht hatte alle Farbe verloren.

»Du verstehst sicher, dass ich diesen Brief mitnehmen muss.«

Sie nickte betroffen.

»Hast du das Testament gesehen?«

Sie schüttelte den Kopf. »Er arbeitet noch daran. So wie er sagte, muss er noch einige Abklärungen treffen.«

In Matters Kopf überschlugen sich die Gedanken. Urs Lindenach rief seinen Sohn an. Markus verwaltete das Testament der verstorbenen Mutter der unehelichen Tochter. Tage danach wird er erschossen. Was stand in diesem Testament?

»Wie ist deine Mutter gestorben?«

»Sie verstarb nach kurzer Krankheit.«

»Krebs?«

Wanner bejahte. Sie schluckte leer, um nicht in Tränen auszubrechen. Wieder diese ablehnende Haltung. Als wollte sie etwas nicht wahrhaben. Matter erinnerte sich daran, dass jeder Mensch anders trauert.

»Das Biest hatte bereits gestreut, als sie es entdeckten. Von diesem Augenblick an ging es keine zwei Monate.«

»Konntest du dich um sie kümmern?«

»So gut es eben ging. Ich bin ein Schisshas, weißt du. Solche Sachen machen mir Angst.«

»Und sie hat während dieser Zeit nie etwas erwähnt?«

Wanner senkte den Blick auf den Brief in ihrem Schoss.

»Nein.«

Mit einem Mal wurde Matter klar, was ihn an Wanners Verhalten irritierte. Es ging keine Traurigkeit von ihr aus. Im besten Fall Gleichgültigkeit, im schlimmsten Langeweile. Als wüsste sie bereits um das Ende des Buches, während Matter erst den Anfang gelesen hatte.

16

»Bei Margret Lindenach wurde eine leichte Demenz diagnostiziert. Aufgrund dessen übernahm ihr Sohn ihre Finanzen.«

Liechti und Matter saßen im ›Bärenhöfli‹ in der Berner Innenstadt. Normalerweise trafen sich die beiden Freunde immer montags dort. Diese Woche war jedoch in jeder Hinsicht anders. Das Traditionslokal ist unter anderem für seine Öpfuchüechli bekannt, die weit über die Stadt Bern hinaus eine Fangemeinde haben. Zu den gebackenen Apfelringen servierte das Wirtshaus Vanillesauce, von der sich Matter nun ein wenig auf den Löffel schob.

»Ist wohl für einen Anwalt einfacher.«

»Was meinst du?«

»Nun, der Antrag eines Anwalts um die Vormundschaft wird sicherlich schneller angenommen, als wenn ich es gewesen wäre.«

»Wer kann schon einem Autor vertrauen?«

Matter lachte auf.

»Hast ja recht. Ich verdiene mein Geld mit dem Erfinden von Un- und Halbwahrheiten, die ich zu Geschichten forme. Aber ich warne in jedem Buch, dass alles frei erfunden ist. Wie die Realität ja auch. Es kommt doch immer auf die Perspektive an, die man einzunehmen bereit ist.«

Er machte eine kurze Pause. »Ich frage mich, wie sich Margret gefühlt haben musste.«

»Das kann ich dir nicht beantworten. Aber schauen wir mal genauer hin. Markus verwaltet eine große Summe Geld für sie. Und nun taucht plötzlich sein Vater auf.«

»Du meinst, Markus bekam es mit der Angst zu tun?«

»Wenn er das Geld für persönliche Zwecke gebraucht hat, war sein Vater die einzige Person, die das aufdecken konnte.«

»Und dann ist da noch die Sache mit dem Testament. Wieso braucht Markus Lindenach so lange, um das Schriftstück Monika Wanner vorzulegen?«

Liechti nahm ein Schluck Kaffee und lehnte sich in der Nische zurück, in der sie Platz gefunden hatten.

»Was wäre, wenn er nicht nur im Besitz eines Testaments wäre, aber noch von etwas anderem?«

»So etwas wie ein Abschiedsbrief?«

Liechti nickte. »Etwas in der Art. Er liest das Schreiben und weiß, er muss zuerst mit seinem Vater darüber reden. Vielleicht war Lindenachs Handy ein Notfallhandy.«

»Du meinst, der Sohn hat den Vater zuerst kontaktiert?«

»Ist doch möglich. Aber wir können noch einen Schritt weitergehen. Stell dir vor, Markus Lindenach hat durch den Abschiedsbrief erst erfahren, dass seine Mandantin in Wirklichkeit seine Halbschwester ist.«

»Kann er in Erbangelegenheiten überhaupt jemanden aus der eigenen Familie vertreten?«

»Keine Ahnung. Aber mit deiner Vermutung lagst du jedenfalls richtig, Hans. Monikas vermeintlicher Vater, der Mann, den ihre Mutter ihr als Vater verkaufte, gehörte tatsächlich der Gruppe an, von der Krähenbühl dir berichtete. Urs Lindenach und Beat Wanner waren Teil derselben Einheit bei der Armee.«

»Ist das eine gute Nachricht?« Matter runzelte die Stirn. »Ehrlich gesagt fühle ich mich gerade ein wenig verloren.«

»Das kann ich verstehen. Aber ja, es ist eine gute Nachricht. Wie wir wissen, blieben die unter sich.

Und plötzlich hat Lindenach viel Geld und verschwindet.«

Liechti winkte der Bedienung.

»Und ihre Monika ist Urs Lindenachs Kind.«

»Ein Offizier darf nicht sein Gesicht verlieren.«

»Er wird frühzeitig aus dem Dienst entlassen.« Matter nickte bedächtig. »Klingt nach einer politisch korrekten Art, das Ganze zu vertuschen. Er geht freiwillig und verspricht von der Bildfläche zu verschwinden. Glaubst du, das Geld war Teil einer Abmachung?«

»Wäre das so weit hergeholt?«

Die Bedienung unterbrach sie und Liechti zahlte.

Minuten später überquerten sie den Waisenhausplatz unter starkem Regen, der auch keine Schwäche zeigte, als sie in Liechtis Wagen das Parkhaus in Richtung der Autobahn verließen.

»Lindenach muss uns einige Fragen beantworten. Alle Fäden laufen bei ihm zusammen. Der Anruf, die Waffe, das Testament, das Geld.«

»Nur sind das keine Beweise.«

»Das ist genau unser Problem.«

»Vielleicht kann uns das Testament gewisse Fragen beantworten.«

»Wollen wir es hoffen.«

Der Regen nahm an Intensität zu, als Liechti das Auto vor Lindenachs Garagentor parkte. Matter konnte trotz des Unwetters Lichter im Haus ausmachen. Er machte seinen Mantel zu, duckte sich und rannte die Stufen hinauf. Liechti nahm es gemütlicher, und so kam es, dass Matter sich als Erster vor der Haustür wiederfand, die offen stand.

Was tun? Der Wind zerrte am Haus, wie er an Matters Gedanken zupfte. Er konnte sich zwischen Klingeln und Aufstoßen nicht entscheiden, was Liechti die Zeit gab, zu ihm aufzuholen. Der Polizeibeamte zögerte keinen Augenblick und stieß die Tür auf.

Im leeren Flur brannte Licht.

»Herr Lindenach?«, rief Liechti. Keine Antwort. Matter ließ seinem Freund den Vortritt. Er trug eine Vorahnung im Bauch, die sich anfühlte, als hätte er zu viel Käsefondue gegessen.

»Herr Lindenach? Polizei. Sind Sie da?«

Wie beim ersten Mal erreichten sie den Wohnbereich. Der Regen prasselte gegen die Scheiben. Hier brannte keine Lampe. Ab und an erhellten sich die Fenster durch einen Blitz. Liechti ging den Flur weiter. Als Matter aufschloss, konnte er Licht im letzten Zimmer des Korridors sehen.

Und Liechti steuerte direkt darauf zu.

Der Raum war verwüstet. Ein anderes Wort gab es nicht für das Chaos, das sich ihnen präsentierte. Jemand hatte sämtliche Schubladen und Kommoden geleert. Eine Bibliothek lag auf dem Bauch und hatte ihren Inhalt unter sich begraben. Überall lagen lose Blätter herum.

Liechti nahm sein Handy zur Hand und forderte Verstärkung an, während er langsam einen vorsichtigen Schritt nach dem anderen zur Zimmermitte hin machte. Ein Schreibtisch stand der Tür gegenüber. Er war ein einziges Schlachtfeld an Dokumenten und Utensilien. Eine der Schubladen lag achtlos zwischen Aktenordnern in verschiedenen Farben.

Liechti stand nun unmittelbar davor und drehte sich um.

»Was ist?«, fragte er Matter, der gebannt auf etwas neben dem Schreibtisch starrte. Er folgte dem Blick und sah nun auch den Schuh, in dem ein Bein steckte. Mit zwei Schritten umrundete er den Tisch und ging in die Knie.

Matter war wie versteinert am Eingang stehen geblieben. Als Liechti sich wieder erhob, brauchte er keine Frage zu stellen. Sie hatten Markus Lindenach gefunden.

Es verging keine Viertelstunde, dann wimmelte es im Haus Lindenach von Beamten.

Liechti stand beim Polizeiarzt Christophe Blanc.

»Was meinst du?«

Der Mediziner zog sich die Handschuhe aus und nickte bedächtig. »Schlimme Sache. Er starb an den Folgen der Kopfverletzung.«

»Äußere Einwirkung?«

»Ich habe keine Anzeichen von physischen Kampfspuren an ihm gefunden, aber Blut an der Schreibtischkante.«

»Ein Sturz?«

»Eher ›gestürzt worden‹, willst du meine bescheidene Meinung hören. Aber um das sagen zu können, muss ich ihn erst mitnehmen.«

Liechti nickte bedächtig.

»Wann ist es passiert?«

»Keine zwei Stunden würde ich schätzen.«

»Herr Liechti? Das sollten Sie sich ansehen.« Der Uniformierte stand hinter dem Büro und hielt einen Zettel hoch.

»Danke, Christophe.« Liechti durchquerte den Raum und blieb neben dem Beamten stehen.

Matter trat vorsichtig hinzu.

Es waren nur wenige Worte, aber sie ließen ihm das Blut in den Adern gefrieren.

Mutter ist unschuldig.

17

Liechti konnte mit so vielen Menschen in einem Raum nicht frei denken. Sie überließen der Spurensicherung und dem Fotographen das Arbeitszimmer und zogen sich in den Wohnbereich zurück. Liechti beobachtete die Bewegung der Bäume und Büsche draußen, als Matter eine Lampe anknipste und sich auf die Couch fallen ließ. Im bleichen Licht sahen seine Hände weiß wie Schnee aus. Eine unangenehme Leere hatte sich in ihm breitgemacht. Keine Gedanken mehr zu haben jagte ihm Angst ein.

»Was nun?«, fragte er.

»Wer profitiert von Urs Lindenachs Tod?«

»Seine Erben.«

»Wer sind sie?«

»Na, ich denke zuerst einmal seine noch Ehefrau Margret.«

»Und dann?«

»Seine Kinder. Es sei denn, er hat sein Testament anders verfasst.«

»Wer könnte von so etwas wissen?«

»Markus vielleicht.«

»Oder seine Mutter.«

»Die aber unter Vormundschaft steht.«

»Anstatt zwei Erben gab es plötzlich drei.« Liechti überging die Bemerkung.

»Monika.«

»Genau. Die Frage ist: Wusste Margret davon?«

»Wenn ich dem Zettel glauben schenken darf, dann ja.«

Liechti runzelte die Stirn. »Was wollte er uns mit der Botschaft sagen? Dass sie Urs Lindenach umgebracht hat?«

Matter schwieg.

»Wenn jemand das herausgefunden hat und Markus zur Rede stellte, um das bestätigt zu bekommen, dann ist sie in Gefahr. Kommst du?«

Liechti war schon fast an der Haustür, als Matter es endlich vollbrachte, vom Sofa hochzukommen.

Definitiv eingerostet.

Und plötzlich müde. So unendlich müde.

Die Fahrt unter dem prasselnden Regen dauerte nur wenige Minuten.

Margret Lindenachs Haus lag stockdunkel da. Kein Lebenszeichen im Garten vor dem Haus.

Matter ahnte Schlimmeres, als er die Haustür offenstehen sah.

Diesmal zog Liechti seine Waffe und deutete Matter an zurückzubleiben. Er betrat das Haus, blickte kurz in jedes Zimmer am Flur. Dann waren sie beim Wohnzimmer angelangt. Der Raum stand leer. Die alten Habseligkeiten flackerten im fahlen Licht des Unwetters draußen. Ein kalter Wind strömte durch den Flur und ließ die Haustür mit einem lauten Knall ins Schloss fallen. Beide zuckten zusammen. Die schlagartige Stille sperrte die Geräusche des Gewitters aus.

Liechti schloss die Augen, horchte. Ein dumpfer Aufprall im Hausinnern ließ ihn herumfahren. Waren sie doch nicht allein?

Vorsichtig bewegten sie sich dem Flur entlang zur Küche. Mit einer Hand betätigte Liechti den Lichtschalter. Der Raum blieb dunkel.

»Das Licht geht nicht an«, flüsterte Matter.

Liechti machte ihm im Dunkeln große Augen. Im selben Moment schrie der Schriftsteller auf und machte einen Sprung zurück in den Flur.

»Was ...?« Liechtis Geduld war langsam aufgebraucht.

»Da hat was mein Bein berührt«, flüsterte Matter laut zurück. Liechti seufzte und steckte die Waffe wieder ein. Wenn jemand hier war, musste er sie schon längst gehört haben. Er versuchte noch einmal vergeblich, das Licht einzuschalten, dann holte er sein Handy hervor. Der schmale Lichtstrahl erfasste kurz darauf die Augen der Katze, die sie interessiert beobachtete.

Auf dem Tisch stand eine Tasse mit einem trockenen Teebeutel. Das Wasser im Wasserkocher war warm.

»Hast du mich aber erschreckt, Viktor!« Matter sprach das Tier an und ging neben ihm in die Knie. Viktor fing an zu schnurren, als Matter den Kopf zu kraulen begann.

Liechti sah sich kurz um und ging dann den Flur zurück zur Treppe.

»He, du willst mich doch hier nicht allein ...« Ein Donnergrollen draußen ließ Matter verstummen. Vehement stand er auf und folgte seinem Freund, der sich bereits im oberen Stockwerk befand.

Auf der Treppe blieb er stehen und hörte, wie Liechti die Räume öffnete.

Sollte er ihm folgen oder unten bleiben?

»Hier ist niemand, Hans.«

Also nach oben. Liechti kam ihm im Flur entgegen.

»Das Zimmer von Urs Lindenach ist durchsucht worden. Wie das seines Sohnes.«

»Wo ist Margret?«

Liechti sagte nichts und drängte an ihm vorbei die Treppe hinunter. Kurz darauf saßen sie im Wagen. Liechti informierte seine Kollegen über das Nichtauffinden von Margret Lindenach und schickte gleichzeitig eine Streife zu Monika. Man konnte nie vorsichtig genug sein.

Nun startete er den Wagen.

»Willst du nicht warten, bis die Verstärkung ...?«

»Wir haben keine Zeit mehr dafür.«

Der ernste Ausdruck in seinem Gesicht ließ Matter die Stirn runzeln. Er sagte aber nichts und gurtete sich an.

»Was passiert, wenn Margret Lindenach stirbt?«, fragte Liechti.

»Dann erben nunmehr ...« Matter wurde sich plötzlich der Situation bewusst.

»Solange sie lebt, musste Markus nicht teilen.«

»Aber der ist tot.«

»Genau. Nun übernimmt logischerweise seine Schwester die Vormundschaft.«

»Es sei denn ... ach, du heilige Kuhscheiße!«

Matter verstummte abrupt während Liechti den Wagen auf die Austrasse lenkte und Gas gab. Das konnte doch nicht sein? Aber sooft Matter den Gedanken auch umdrehte, die Erkenntnis blieb dieselbe. Hoffentlich kamen sie nicht zu spät.

18

Der Motor war kaum abgestellt, da war Liechti auch schon aus dem Wagen ausgestiegen. Bei Karin Nadelet brannte Licht. Die Tür war im Schloss, aber nicht abgeschlossen. Liechti trat ein, ohne sich anzukünden.

Sie hörten erregte Stimmen aus dem Wohnzimmer. Zwei Frauen schienen sich nicht einig zu sein. Matter erkannte Karins harschen Ton sofort.

Liechti durchquerte, ohne zu zögern, den Flur, blieb dann wie angewurzelt stehen. Matter wäre beinahe mit ihm zusammengestoßen.

Die Diskussion verstummte augenblicklich.

Und da standen sie, nicht ganz im Wohnzimmer, nicht ganz in der offenen Küche, aber beide definitiv perplex.

Zwei Augenpaare sahen die beiden erstaunt an.

Karin Nadalet hatte sich als Erste gefasst. »Ach ne ... jetzt auch noch verregnete Polizisten. Dieser

Abend entwickelt sich zum reinsten Horrorszenario.«

Die andere Frau war definitiv nicht Margret.

Sie hatte blonde, schulterlange Haare, sanfte Gesichtszüge und einen eher kindlich anmutenden Körper, dessen Vorzüge ein grünes Abendkleid nicht zu verstecken wusste. Matter schätzte sie älter als die Hausherrin. Ihre Augen blickten amüsiert, als sie seinen verdatterten Gesichtsausdruck sah. Irgendwie kam sie ihm bekannt vor. Verlegen senkte er den Blick.

Auf dem Couchtisch standen etliche brennende Kerzen. Leise Musik drang aus den unsichtbaren Boxen. Zwei Champagnergläser, ein Flaschenkühler und einige wunderbar arrangierte Häppchen auf dem Couchtisch.

»Ist das eine Vorgehensweise, die man Sie in Bern gelehrt hat, Herr Kommissar?« Nadalet leerte ihr Glas in einem Zug und stellte es etwas heftig hin.

Matter sah fasziniert auf den Fernsehbildschirm, wo man einem Holzfeuer zuschauen konnte, das vor sich hin brannte.

»Nicht wirklich meine Art, wenn da nicht Not am Mann wäre ...«, setzte Liechti zu einer Erklärung an.

»Am Mann‹ kann ich begreifen ... aber an der Frau?«

»Es tut mir aufrichtig leid, dass wir so ...«

»Das sieht man Ihnen an. Auch Champagner, jetzt wo Sie schon mal da sind?«

»Danke, nein. Wissen Sie, wo Ihre Mutter ist?«

»Meine Mutter?« Sie drehte sich nun ganz zu ihm um. Er hatte ihre ganze Aufmerksamkeit. »Was ist mit ihr?«

»Wir wissen es nicht. Wollen wir uns kurz setzen?«

Die blonde Frau berührte Nadelets Arm, als müsste sie ihr Einverständnis geben. Die Frauen setzten sich nebeneinander. Liechti erzählte vom Auffinden ihres Bruders und dem Verschwinden der Mutter.

»Wir haben allen Grund zur Annahme, dass sie sich in Gefahr befindet«, schloss er.

»Markus ist tot?« Nadelet war deutlich anzumerken, dass die Nachricht sie schwer traf. »Das kann nicht sein.«

»Wann haben Sie ihn das letzte Mal gesehen?«, fragte Liechti.

»Nicht, seit Sie das erste Mal hier waren.«

»Und Ihre Mutter?«

Sie schüttelte ungläubig den Kopf. Ihre Begleitung hatte einen Arm um ihre Schultern gelegt. Nadelet befreite sich mit einer etwas zu heftigen Armbewegung und stand im selben Moment wieder auf. Ihre

Besucherin hob kurz die Augenbrauen, schenkte aber dann Champagner nach. Erneut musste Matter sich fast zwingen, sie nicht allzu offensichtlich anzustarren. Sie hatte etwas Magisches an sich, eine Schönheit, die ihn in ihren Bann zog.

Nadalet stand nun auf der anderen Seite des Couchtisches. »Ich weiß nicht, wo meine Mutter ist.« Panik hatte sich in ihre Stimme geschlichen. Sie verschränkte die Arme. Liechti lehnte sich zurück.

»Wussten Sie um Ihre Halbschwester?«

»Meine Halbschwester?«

»Monika?«

Sie runzelte die Stirn.

»Was hat Monika mit der ganzen Sache zu tun?«

»Ist das nicht ...?«, fragte Nadelets Freundin.

Nadelet winkte ab.

»Ist das nicht ... wer?«, hakte Liechti nach.

»Meine Ex-Freundin.«

»Ex-Freundin? Wir sprechen von Monika ...«

»Wanner?«

Liechti nickte. »Seit wann ...?«

Nadelet lächelte müde. »Schon einige Monate.«

»Kannten Sie Beat Wanner?«

Sie sah ihn kopfschüttelnd an. »Er war schon tot, als ich Monika kennenlernte.«

»Er war ein Freund Ihres Vaters. Er war auch bei der Armee.«

»Das kann schon sein. Wir waren zu wenig lang ein Paar, um über ihn zu sprechen.«

»Sie sind ihm nie begegnet? Ihr Vater hat Sie doch immer mitgenommen, an den Schießstand. Und dann sicher auch auf das eine oder andere Fest.«

Nadelet wirkte zunehmend verunsichert.

»Haben Sie nie die Freunde Ihres Vaters kennengelernt?«

»Doch natürlich. Er hatte viele Freunde. Aber es ging oft nicht um die anderen.«

»Was meinen Sie damit?«

»Es ging oft nur um Vater. Mutter hatte Mühe damit.«

»Warum?«

»Es gab immer mehr Frauen als Männer an diesen Nachmittagen.«

»Sie war eifersüchtig?«

»Das ist mäßig ausgedrückt. Zuletzt gingen wir Kinder gar nicht mehr hin, ihretwegen. Aber was hat das mit ...?«

»Frau Nadelet, Ihre Mutter hat in einem Gespräch angedeutet, dass Ihr Vater manchmal einen aufbrausenden Charakter gehabt hatte. Haben Sie je gesehen, dass er gewalttätig wurde?«

»Er war immer gut zu uns gewesen.«

Klang da Trotz in ihrer Stimme mit?

»Wir haben einen Zettel im Arbeitszimmer Ihres Bruders gefunden. Jemand hat drauf geschrieben, dass ihre Mutter unschuldig sei. Können Sie sich vorstellen, was damit gemeint ist?«

Diesmal war es Nadelets Freundin, die sich einmischte.

»So, jetzt ist Schluss. Sehen Sie nicht, dass Sie Karin überfordern?« Sie stand energisch auf und positionierte sich zwischen sie. Den Beamten drehte sie den Rücken zu, während sie Nadelet in ihre Arme schloss. Einen Augenblick sah es so aus, als wollte Karin sich erneut widersetzen, ließ es aber dann geschehen. Als Nadelet den Kopf auf die Schulter ihrer Freundin legte, hatte sie Tränen in den Augen.

Matter konnte ihr nachfühlen.

Liechti fischte sein Handy aus der Innentasche und stand auf. Während er den Anruf entgegennahm, entfernte er sich in Richtung Küche. Er nickte mehrmals, hörte zu.

»Das macht es nicht leichter. Aber danke.«

Er legte das Handy auf die Kochinsel und rieb sich mit beiden Händen das Gesicht.

»Was ist?«, fragte Matter.

»Monika ist nicht zu Hause.« Er blickte zu den beiden Frauen, die sich immer noch in den Armen lagen. »Lass uns noch mal ...«

Weiter kam er nicht.

Auf einmal waren alle Lichter erloschen.

Es brannten nur noch die Kerzen, die ein wechselndes Spiel tanzender Schatten in den Raum zauberten.

»Scheiße«, entfuhr es Liechti. Mit wenigen Schritten war er bei den Frauen. »Wo ist der Sicherungskasten?«, flüsterte er.

Es war Nadelets Freundin, die antwortete. »Im Untergeschoss, gleich neben der Treppe, die zum Keller führt.«

Liechti nickte und bedeutete ihnen, dort zu bleiben, wo sie waren. Dann zog er zum zweiten Mal an diesem Abend die Waffe und näherte sich behutsam der Treppe zum Untergeschoss.

19

Das Erste, was Liechti im unteren Stockwerk bemerkte, war der Vorhang, den das Unwetter durch die offene Schiebetür zur Terrasse zerrte, als wollte es sie dem Haus entreißen. Regen hatte den Boden nass gemacht.

Vorsichtig trat er aus dem Schutz des Treppenhauses in den zweiten Wohnbereich. Seine ganze Aufmerksamkeit galt dem dunklen Raum vor ihm. Dass er dabei einen Anfängerfehler beging, merkte er erst, als er am Rande seines Gesichtsfeldes eine Bewegung wahrnahm. Der Schlag kam so schnell, dass er keine Möglichkeit fand, ihm auszuweichen. Die Wucht ließ Liechti in den Raum taumeln. Instinktiv hob er die Hände. Der zweite Schlag erwischte ihn auf dem Ohr. Er ging zu Boden.

Matter, der ihm trotz seiner Anweisung gefolgt war, sah die Waffe seines Freundes über den Boden schlittern. Einen Augenblick wusste er nicht, was er tun sollte. Der Schock saß ihm tief in den Knochen.

Dann fällte er eine Entscheidung und begann, rückwärts die Treppe hochzugehen, wobei er achtgab, den unteren Eingang nicht aus den Augen zu lassen. Seine Gedanken überschlugen sich. Zum Schock über das Gesehene kam die Tatsache, dass der Eindringling nun auch mit Sicherheit Liechtis Dienstwaffe hatte. Ohne dass sich unten etwas bewegte, erreichte Matter den oberen Wohnbereich.

Das Geräusch einer Waffe, die man entsicherte, ließ ihn herumfahren.

Die beiden Frauen standen immer noch neben dem Couchtisch, auf dem noch alle Kerzen brannten. Nur hatte Nadelet jetzt eine Waffe in der Hand, deren Mündung auf Matter gerichtet war. Die bedeutete ihm, zur Seite zu treten. Er kam der Aufforderung nur allzu gern nach. Mit leicht erhobenen Händen bewegte er sich von der Tür weg, bis sein Becken an die Kommode stieß. Nadalet ließ die Treppentür nicht aus den Augen. Matter senkte die Arme. Seine Hände berührten das Holz des Möbelstücks hinter ihm. Ohne hinzusehen, erforschten seine Hände den Bereich hinter ihm, bis er etwas Kaltes und Festes zu fassen bekam. Es fühlte sich schwer an. Er hielt sich daran fest.

Nadelet senkte die Waffe, der Arm parallel zum Körper. Sie schien ruhig zu sein. Eine Böe warf prasselnden Regen gegen die Fensterscheiben. Matter zuckte unweigerlich zusammen. Seine Anspannung war kaum auszuhalten.

Er spürte die Bewegung im Treppenhaus mehr, als er sie hören konnte. Unwillkürlich versuchte er, noch ein wenig weiter von der Tür wegzukommen.

Ein Schemen löste sich aus der Dunkelheit des Treppenhauses. Matter hielt den Atem an.

Die Silhouette drehte ihm den Rücken zu.

»Hallo, Monika«, hörte er Nadalet sagen.

Monika?

Von seinem Standort aus konnte er nicht sehen, wer da vor ihm stand. Vorsichtig neigte er sich nach vorn. Bredlachs Freundin hielt eine Waffe im Anschlag.

»Lass die Waffe fallen!« Der Ton war scharf, kalt und direkt. Nadalets Freundin machte einen Schritt zur Seite. Nadalet selbst lächelte gutmütig.

»Wo ist meine Mutter?«

Wanner wurde durch die Frage überrascht.

»Deine Mutter?«

»Ich soll dir also glauben, dass du es nicht weißt? Du kommst hier nicht raus, das weißt du schon, oder?«

Monika Wanner antwortete nicht. Matter spürte, wie sie nervös wurde.

»So trifft man sich wieder. Ist das die Schlampe?«
Sie wedelte mit ihrer Waffe. Die blonde Frau ent-
fernte sich von Nadalet und näherte sich in dieser
Weise langsam Wanner von der Seite.

Nadalet lachte auf. »Eifersüchtig?« Sie trat einen
Schritt nach vorn, die Mündung ihrer Waffe immer
noch auf den Boden gerichtet.

»Bleib stehen!« Wanners Kopf wanderte zwischen
den Frauen hin und her.

»Sonst was? Willst du mich erschießen,
Schwester?« Das letzte Wort hatte Nadalet ausge-
spuckt.

»Halt den Mund!«

»Wenigstens wissen wir jetzt, woher unsere Zunei-
gung kam.«

»Halt den Mund!« Wanners Wut sah Matter im
Zittern ihrer Arme. Die Waffe musste langsam
schwer werden.

Nadalet machte einen weiteren Schritt nach vorn.
Matter hörte im unteren Stock Liechti stöhnen. Verunsichert warf Wanner einen Blick hinter sich und
entdeckte Matter. Diesen Moment nutzte Nadalet
aus. Ihre Hand schnellte nach oben, dann hallte ein
Schuss durch das Haus. Matter ging in Deckung.

Wanner schrie auf und ließ die Waffe fallen.

Noch ehe Matter begreifen konnte, was geschah, war Nadelets Freundin über ihr. Ein Fußtritt ließ die Frau gegen den Türpfosten prallen. Sie verlor das Gleichgewicht. Einen Sekundenbruchteil sah es so aus, als könnte sie sich am Türrahmen festhalten. Dann verschwand sie im Treppenhaus. Matter hörte, wie sie die Treppe hinunterstürzte.

Stille kehrte ein. Das Licht ging wieder an.

Nadelet hatte sich abgedreht und die Pistole achtlos auf die Couch geworfen. Sie war dabei, ihr Champagnerglas auszutrinken, als Liechti in der Tür erschien. Seine linke Gesichtshälfte war gezeichnet. Erst jetzt konnte sich Matter aus seiner Starre lösen.

»Alles klar?«, fragte Liechti ihn. Er nickte betroffen und stellte den massiven Kerzenhalter wieder auf die Kommode. Die beiden Frauen hatten sich in die Arme genommen. Und es schien, als gäbe es die Welt um sie gar nicht mehr. Kein Haus mehr, kein Unwetter, keine Polizei, keine Mörderin im Untergeschoss.

Für einen Augenblick hielt die Welt den Atem an und die Zeit blieb für sie stehen.

20

Kurz darauf kam die angeforderte Verstärkung. Wanners Hand wurde verarztet. Sie wurde festgenommen und abgeführt. Irgendwann setzte sich Matter auf die Couch und ließ alles um ihn herum geschehen, ohne sich dessen wirklich bewusst zu sein. Letztlich kehrte wieder Ruhe ein, als die letzten Ermittler gingen. Liechti ließ sich mit einem Seufzer in einen Sessel fallen.

»Immer noch keinen Drink?«, fragte Nadelet. Er sah sie einen Augenblick nachdenklich an.

»Sie haben mich angelogen.«

»Hab ich das?«

»Das kostet Sie mehr als einen Drink.«

»Wenn das alles ist.«

»Setz dich«, sagte ihre Freundin und holte in der Küche zwei weitere Gläser und eine frische Flasche Champagner aus dem Kühlschrank.

»Ich habe gute Nachrichten«, fuhr Liechti fort. »Ihre Mutter ist wohlauf. Sie hat bei einer Nachbarin geklingelt, weil das Licht in ihrem Haus nicht mehr anging.«

»Wo war sie?« Nadalet beobachtete, wie ihre Freundin die Flasche öffnete und einschenkte. Jeder einzelne Blick zwischen den Frauen sprach von Liebe und Vertrautheit.

»Sie hatte das Haus verlassen, um die Katze zu suchen. Sie darf sich glücklich schätzen, dass sie nicht vor Ort war, als Wanner dort eindrang.«

»Was hat sie dort gesucht?«

»Das, was sie bei Ihrem Bruder nicht finden konnte.«

»Markus hat ...?«

Liechti nickte. »Deshalb war er auch so darauf aus, jeden Tag dort zu sein. Er hat den Schuldschein mit Sicherheit im Zimmer Ihres Vaters versteckt. Wir haben ihn eben bei Wanner gefunden.«

»Den Schuldschein?«

»Es geht um Geld, viel Geld.«

Ein betretenes Schweigen folgte.

»Sie ging also zu meiner Mutter, fand den Schuldschein. Aber wieso ich?«

»Sie war schon immer eifersüchtig gewesen«, meldete sich Nadelets Freundin zu Wort und reichte dem Kommissar ein Glas.

»Das hatte sicher einen Einfluss auf ihre Entscheidung hierherzukommen. Aber vor allem ging es darum, die letzte potenzielle Erbin aus dem Weg zu räumen. Wie kam es eigentlich zur Trennung?«

»Als ich merkte, was für eine Klette sie war, machte ich Schluss.«

Liechti schwieg, bis alle anderen auch ein Glas in der Hand hielten. Und während draußen der Regen fiel, stießen sie gemeinsam an.

Mehr war an diesem Abend auch nicht zu tun.

Matter hatte kaum geschlafen und doch fand er sich am folgenden Morgen kurz nach acht Uhr mit Tina im Polizeirevier ein, um seine Aussage zu Protokoll zu geben. Liechti holte ihn aus dem Verhörzimmer ab.

»Wir haben Besuch«, meinte er schmunzelnd. »Und sie verlangt nach dir.«

»Nach mir?«

Liechti öffnete die Tür zu seinem Büro. Matter trat ein und sah Margret Lindenach dort sitzen. Ihre imposante Handtasche ruhte auf ihrem Schoss, der Gehstock neben ihr.

»Ah, da bist du ja!«

»Hallo, Margret.« Matter setzte sich neben sie.

»Wir haben da noch einige Fragen, bei denen Sie uns behilflich sein könnten, Frau Lindenach.«

»Nur zu, nur zu, junger Mann.«

»Wir haben bei Ihrem Sohn einen Zettel gefunden. Auf dem steht: ›Mutter ist unschuldig‹.«

Lindenachs Gesicht nahm einen berührten Ausdruck an. »Ein wahrlich guter Junge. Aber in meinem Alter muss ich nicht mehr lügen.«

»Was ist geschehen?«

»Er hat angerufen.«

»Wer?«

»Na, Urs.«

»Aber Sie sagten doch, dass er sie nicht kontaktiert hatte?«

»Hat er auch nicht. Er hat bei Markus angerufen.«

»Aber Sie haben den Anruf entgegengenommen?«

»Sag ich doch.«

Matter und Liechti tauschten einen Blick aus.

»Und dann?«

»Er schlug ein Treffen vor. Sagte, er müsse mir was sagen.«

»Bei den Wohnwagen?«

Sie nickte. »Ich ... ich hatte Angst. Und so nahm ich die Waffe mit ...« Sie zögerte, drückte die Tasche fester an sich. »Es war schon finster. Er sagte mir wegen Monika Bescheid.« Sie verstummte.

»Das hat Ihnen das Herz gebrochen.«

»Nicht wirklich. Markus hat mir das schon erzählt.«

»Woher wusste er das?«

»Aus dem Testament von Monikas Mutter.«

Liechti nickte.

»Sie verstehen das nicht«, fuhr die alte Dame fort, »Er hat mich betrogen, angelogen. Ich fühlte mich schmutzig und ... und gedemütigt.«

»Und deshalb haben Sie ihn erschossen?«

»Ich konnte es nicht zulassen.«

»Dass er Sie betrogen hat?«

»Nein, dass er meine Nähe suchte. Er wollte mich umarmen, wollte alles wieder zurechtrücken. Ich konnte ihn nicht an mich heranlassen. Nicht nach all dem ...«

»Was ist genau passiert?«

»Mein Körper reagierte automatisch. Ich wollte keine Schmerzen mehr spüren, bekam Panik. Mein Herz raste, ich konnte nicht mehr atmen. Ich musste mich befreien. Erst als er sich in Richtung Fluss absetzen wollte, merkte ich, was ich getan hatte.«

»Und dann haben Sie Markus angerufen.«

»Wen sonst? Er kam sofort. Mit dem Hund. Als wir Urs fanden, sagte Markus, er wäre tot. Ich versprach ihm, niemandem davon zu erzählen.«

»Er brachte Sie heim?«

Sie nickte.

»Und darum verschwand die Katze«, mischte sich Matter ein.

»Glaubst du?«

»Ich denke, Viktor hat dich bis zum Fluss begleitet. Markus Hund ihn dann aber verscheucht.«

»Ja, so muss es wohl gewesen sein.« Sie lächelte matt. »Und was jetzt?«

Liechti lehnte sich in seinem Sessel zurück. »Nun, wir werden Anklage erheben.«

»Es war Notwehr.«

»Das wird der Richter entscheiden müssen.«

Sie nickte mehrmals, als müsste sie Liechtis Satz in einzelne Wörter zerlegen, um ihn begreifen zu können.

»Ich hatte recht, als ich zu dir kam«, wandte sie sich an Matter.

»Womit?«

»Es ging um Leben und Tod.«

21

Zwei Tage später saßen Matter, Liechti und das ganze Team um einen Tisch mit belegten Broten.

»Bei dem Schuldschein, den Monika Wanner bei sich trug, als sie bei Nadalet einbrach, haben wir Fingerabdrücke von Markus Lindenach nachweisen können.«

Wildhaber wählte ein Thonbrötchen.

»Wie es aussieht«, sagte Andreoli, »hat dazumal Urs Lindenach seinem Armeekollegen Beat Wanner eine kokette Summe Geld entliehen, um damit Wetten abzuschließen.« Er schnappte sich ein Käsebrötchen und biss herzhaft hinein.

»Und gewann den großen Jackpot«, bestätigte Wildhaber. »Wanner wollte aber ein Teil davon für sich.«

»Was Lindenach ihm sehr wahrscheinlich verweigerte.«

»Als Wanner von seiner Frau erfuhr, dass Monika eigentlich Lindenachs Kind war, musste er untertauchen«, erklärte Steiner.

»Ich verstehe immer noch nicht ganz ...« Matter kratzte sich am Kopf.

»Markus Lindenach fand im Testament von Monikas Mutter den Schuldschein und ein Abschiedsschreiben, in dem sie Monika alles erzählte. Ab diesem Moment wusste Markus um seines Vaters Untreue. Sein ganzer Plan kam mit dem Auftauchen einer Halbschwester durcheinander.«

»Welcher Plan?«

»Das Geld allein zu verwalten. Plötzlich war da noch jemand, der einen Teil davon haben durfte.« Steiner nahm einen Schluck Kaffee.

»Er hat also den Schuldschein versteckt.«

Tina nickte. »Er wusste, dass Monika ihn geltend machen würde. Letztendlich hätte Margret für den Fauxpas ihres Mannes bezahlen müssen.«

»Er sagte uns, dass sie schon genug gelitten hätte«, sagte Matter. Es ergab nun alles einen Sinn.

»Womit er nicht gerechnet hatte, war das Schreiben seines Vaters an Monika nach dem Tod ihrer Mutter.«

»Somit wusste Monika plötzlich um die Familienverhältnisse und hat Markus zur Rede gestellt.«

»Sie hat sich bei mir über Markus Langsamkeit beklagt. Sie begriff nicht, weshalb er mit dem Testament ihrer Mutter nicht schneller machte«, fuhr Liechti fort. »Gemäß der Spusi muss sie ihn in seinem Haus angesprochen haben. Es kam zur Auseinandersetzung, bei der Markus ungünstig fiel. Er muss noch gelebt haben, als sie ging, denn er konnte uns ja noch eine Nachricht hinterlassen.«

»Mutter ist unschuldig.«

»Genau.«

»Wieso hat er nicht aufgeschrieben, wer seine Mörderin war?«

»Seine letzten Gedanken galten seiner Mutter.«

Tina schenkte sich ein Mineralwasser ein. Steiner angelte sich ein Hähnchensandwich.

»Aber warum Nadelet?«, fragte Matter in die Runde.

»Da können wir nur spekulieren«, sagte Liechti. »Sie fand ja bei Margret nicht nur den Schuldschein. Auch die Vormundschaftspapiere.«

»Dann hatte sie also Blut geleckt.«

Liechti nickte. »Wieso sich nur mit einem Teil des Geldes zu begnügen, wenn man alles haben konnte.«

»Und hierfür musste sie nur Nadelet aus dem Weg räumen und die Vormundschaft für Margret übernehmen«, schloss Wildhaber.

»Und dafür hat sie uns alle in Gefahr gebracht«, sagte Matter nachdenklich.

»Du warst in guten Händen.«

Wildhaber schmunzelte.

»Was meinst du damit?«

»Nun immerhin ist sie Vize-Europameisterin im Kickboxen.«

»Wer jetzt?«

»Na, Nadelets neue Freundin. Vierzig Kämpfe, achtunddreißig Siege durch K.o.«

»Muss für Wanner wie ein Glücksmoment gewirkt haben, beide im Haus vorzufinden.«, ergänzte Steiner.

»Was für eine Geschichte!« Matter lehnte sich zurück und verschränkte seine Hände hinter dem Kopf. Wenn das erst einmal sein Verleger erfuhr.

»Das ist keine Geschichte für ein Buch, Hans.«

»Autsch, erwischt.« Matter grinste schief.

»Es sei denn, du lässt die Szene aus, in der ich mich übertölpeln ließ und dabei Wanner eine Waffe zugespielt habe.«

»Du kennst mich doch, Peter. Ich warne in jedem Buch, dass alle Geschichten frei erfunden und Ähnlichkeiten mit lebenden oder toten Personen rein zufällig sind.«

»Und genau das macht mir Angst.«

Liechti zwinkerte ihm zu.

»Wenn es dir Angst macht, könnte es durchaus ein Versuch wert sein.«

EPILOG

»Ich kann sie in dem, was du mir sagst, nicht wiedererkennen. Sie hat eine solch gutmütige Seite.«

Bredlach saß kopfschüttelnd Matter gegenüber. Etwas verloren, plötzlich, und durcheinander, auch.

»Schrecklich, ja. Manchmal tun Menschen Dinge, die man nicht verstehen kann.«

»Ich hätte nie geglaubt ...« Sie brach ab. Matter hätte sie am liebsten in die Arme genommen.

»Jeder trägt seinen Rucksack. Und du siehst nur, was gezeigt werden möchte. Was wirklich in einer Person vorgeht, kannst du nur erahnen.«

»Aber sie machte Yoga, meditierte, las Bücher über Spiritualität.«

»Es besteht die Möglichkeit, dass sie das alles tat, um ihre dunkle Seite auf Abstand zu halten.«

»Zitierst du da etwas aus einem deiner Bücher?«

Matter schmunzelte. »Vielleicht.«

»Der Stalker war also Markus?«

»Ich denke, ja. Sie hatte ihm das Testament ihrer Mutter anvertraut, weil sie darin eine weitere Chance sah, mit Karin in Verbindung zu bleiben. Markus beobachtete sie nicht, weil er an ihr interessiert war, sondern weil er begreifen wollte.«

Matter sah zu Mario hinüber. Der erwiderte seinen Blick und grinste.

»Möchtest du noch einen Tee?«, fragte Matter.

»Ich könnte etwas Stärkeres vertragen.«

»Kaffee?«

Sie schnitt ihm eine Grimasse. Er gab Mario ein Zeichen. Kurz darauf stand der Italiener mit einer weiteren Tasse Tee neben ihnen.

»Für den Schriftsteller. Darf's auch noch etwas sein für die Dame?« Er stellte die Tasse vor Matter hin, nahm die leere an sich.

Bredlach zögerte. »Einen Espresso bitte.«

»Chunnt sofort.«

»Du meinst also, dieses ganze Getue mit positiven Gedanken gab Monika die Möglichkeit, ihre Dämonen zu verdrängen?«

»Wo Licht ist, ist auch Schatten. Wir wollen die Dinge in unserem Leben nicht sehen, die wir als ›nicht gut‹ oder ›nicht gut genug‹ ansehen.«

»Du klingst wie einer, der Horoskope verfasst.«

»Horoskope? Das wäre mal was anderes.«

Sie schwieg.

»So, ein Espresso für die Dame.« Mario blieb stehen. »Habe gehört, du hast den Fall gelöst.«

Matter hob die Augenbrauen. »Ig mein ja numme. Eigentlich blöd, dass die Frau Lindenach ... jetzt, wo du die Katze wiedergefunden hast.«

»Mario, ich ...«

»Ich muss dir etwas sagen«, unterbrach ihn Mario.

»Was denn?«

»Nun, da war jemand hier, heute Morgen ...«

Betreten blickte Mario auf seine Fußspitzen.

»Sag mir nicht, dass du ...?«

Mario grinste schief. »Vielleicht wird er dich kontaktieren. Aber vielleicht auch nicht.«

Matter verdrehte die Augen. Bredlach lachte auf.

»Du solltest mit dem aufhören, Mario.«

»Es war das allerletzte Mal, versprochen.«

Matter seufzte und zog den Beutel aus seinem Tee. Die Türklingel kündete eine weitere Person an und Mario beeilte sich, hinter seinen Tresen zu kommen.

»Dir wird wohl nicht langweilig, was?«

Ihre Augen lächelten verschmitzt. Sie sah auf die Uhr.

»Huch, mein Yoga. Ich muss los.«

»Du gehst also weiter hin?«

»Natürlich. Obschon es lustiger wäre, zu zweit hinzugehen.« Sie legte den Kopf schief. Matter zögerte kurz, bis er begriff.

»Nein, auf keinen Fall!«

»Also das würde dir guttun.«

»Was meinst du damit?«

»Ein bisschen eingerostet, oder nicht?«

»Ich? Nicht im Geringsten!«

»Na, dann komm doch einmal mit. Nur einmal.«

Matter schüttelte den Kopf. »Keine Chance.«

»Bitte, bitte. Tu es für mich.«

Matter sah in ihre hübschen Augen, dann hilfesuchend zu Mario hinüber, dann wieder in Monikas Augen. Dann seufzte er.

»Cool. Ich melde dich an.«

»Aber nur für ein Mal.«

»Ganz sicher.«

Matter holte seine Brieftasche hervor, legte einen Geldschein auf den Tisch, während Bredlach ihren Mantel anzog. Er stand auf, als sie nach ihrer Tasche griff. »Viel Spaß.«

Sie lächelte, drückte ihm einen Kuss auf den Mund und war weg, ehe er wusste, was er davon halten sollte, geschweige denn, wie reagieren. Einen Augenblick blieb er einfach stehen und sah ihr durchs Fenster nach.

Sie drehte sich kein einziges Mal um.

Erst als Mario neben ihm auftauchte, um den Tisch abzuräumen, löste er sich aus seiner Erstarrung.

»Amor che move il sole e l'altre stelle, sagt man bei uns. Die Liebe bewegt die Sonne und die anderen Sterne. Und ein wenig Bewegung würde dir guttun.«

Matter musste lachen.

Minuten später öffnete er die Tür zu seiner Wohnung. Noch ehe er die Schlüssel am Eingang deponieren konnte, war sie auch schon da.

Matter bückte sich und kraulte die Katze hinter den Ohren.

»Na du? Alles gut bei dir? Du hast sicher Hunger.«

Geduldig wartete Viktor, bis Matter sich seines Mantels entledigt hatte, und folgte ihm dann in die Küche.

Bereits erschienen

Hans Matter und das verschwundene Mädchen

Hans Matter und die unruhigen Träume

Hans Matter und die Geduld von Schnee

Jean-Pascal Ansermoz wurde im September des Jahres
Dakar (Senegal) geboren. Erst Anfang der Achtzi-
Schweiz zurück, schloss seine Schulzeit
mit dem Abitur in Basel ab, bevor er in Lausanne sein
Studium in Angriff nahm.
Er ist einer, der mit Leichtigkeit über den Röschtigraben
springt, schrieb er doch bis 2009 nur in französischer
Sprache. Weltenbürger, Romand und Deutschschweizer
in einem: ein Autor mit Hang zum Kriminellen aber
auch zu Poetischem, Literarischem, Alltäglichem und Be-
sonderem.
Er lebt als freischaffender Autor in Düdingen (CH).

www.jeanpascalansermoz.ch